파울 첼란 전집(전5권) 제2권 　　시집 II

GESAMMELTE WERKE. Volume 2 : Atemwende, Fadensonnen, Lichtzwang, Schneepart
von Paul Celan. Herausgegeben von Beda Allemann und Stefan Reichert unter Mitwirkung
von Rolf Bücher

이 도서의 국립중앙도서관 출판예정도서목록(CIP)은
서지정보유통지원시스템 홈페이지(http://seoji.nl.go.kr)와
국가자료종합목록 구축시스템(http://kolis-net.nl.go.kr)에서 이용할 수 있습니다.
(CIP제어번호: CIP2020052027)

파울 첼란 전집(전5권) **제2권** ──────── **시집 II**

숨전환
실낱태양들
빛의 압박
눈의 부분

허수경
옮김

문학동네

일러두기

1. 번역 대본으로는 *Paul Celan: Gesammelte Werke in Sieben Bänden,*
   Zweiter Band(Paul Celan, Suhrkamp Verlag, 2000)를 사용했다.
2. 차례의 제목, 본문의 볼드체와 고딕체는 원서에 따른 것이다.
3. 주석은 모두 옮긴이주다.

숨전환
(1967)

I

VI

실낱태양들
(1968)

I

III

IV

빛의 압박
(1970)

I

II

V

VI

눈의 부분
(1971)

I

숨전환

I

그대 안심하고 나를

눈길으로 접대해도 된다:

어깨에 어깨를 맞대고 내가

뽕나무와 함께 여름을 건널 때마다,

나무의 가장 어린 잎은

비명을 질렀다.

꿈꾸지 못한 것에 부식되어,

잠 없이 헤매던 빵나라는

삶의 산을 쌓는다.

그 부스러기로

그대는 우리 이름들을 새로 빚는다,

그 이름들을 나는

그대의 눈眼과 닮은

눈을 손가락마다 달고,

더듬는다

그대에게로 깨어날 수 있는

한 자리를 찾아서,

그 밝은

입속의 배고픔촛불.

고랑 속으로

문틈 속 하늘동전의 고랑 속으로
당신이 말을 눌러넣는다,
그 말에서 나는 풀려나왔지,
내가 떨리는 두 주먹으로
우리 위의 지붕을
헐어낼 때, 석판 하나하나
음절 하나하나, 저 위 동냥–
접시의 구리–
희미한 빛을
위하여.

강물들 속으로 미래의 북쪽에서

나는 그물을 던진다, 그대가

망설이며 돌들이 써두었던

그림자를 엮은

그물을.

당신의 늦은 얼굴 앞,

고독한—

사람처럼 또한

나를 변신시킨 밤들 사이에,

무언가가 멈추었다,

이미 한번 우리 곁에 있었던 것, 닿지—

않은 채 생각이.

우울의 빠름을 지나서,

창백한

상처의 거울을 지나서:

그곳에서 마흔 그루의

껍질 벗겨진 삶의 나무가 뗏목에 실려갔다.

유일하게 거슬러-

헤엄치는 여자, 그대는

나무들을 헤아린다, 만진다

모든 나무를.

숫자들, 그림들과 함께

비운非運과 역易 -

비운이

다발로 묶인.

그 위에 씌워진

두개골, 그의

불면하는 관자놀이 옆에 어지러이 -

비추는 망치

이 모든 것이 세계의 박자에 맞춰

노래한다.

네 손의

그림자―멧돼지가 헤집은 땅에 난 길들.

네四―손가락―이랑에서

나는 돌로 굳어진

축복을 파헤친다.

회백색 파–
내려간 가파른
느낌들.

내륙으로, 여기로–
흩날린 갯보리는 모래문양을
우물노래들의 연기 위로
분다.

귀 하나, 잘려나와, 엿듣는다.

줄무늬로 잘린, 눈眼 하나,
모든 것에게 정당하리라.

지상을 향해 노래했던 돛대를 달고

하늘난파선들이 간다.

이 나무노래를

너는 이로 단단하게 깨문다.

너는 노래에 강한

삼각기.

관자놀이집게,

네 광대뼈가 눈을 주었다.

집게가 단단하게 깨물던 곳,

거기에 은빛 광채가 있다:

너와 네 잠의 나머지는―

곧

생일이다.

우박알갱이에, 타버린

옥수수-

이삭 속, 고향에서,

늦은, 딱딱한

11월의 별들에 순종했지:

심장의 실낱에 벌레들의

대화가 묶였다―:

네 화살문서에 의해

웅웅거리는 활시위는

궁수다.

서 있음, 공기 중
흉터의 그림자에.

아무도-위하지 않음-그리고-아무것도-서 있지 않음.
알려지지 않은 채,
오직
당신을 위하여.

그 속에 공간이 있는 모든 것과 함께,
또한 언어
없이.

당신의 깨어남으로 밀치는 꿈.

열두 번 나사-

모양으로 제

뿔에 새겨진

단어의 흔적.

꿈이 행하는, 마지막 밀침.

수직-

으로, 좁은

낮의 골짜기에서 위를 향하여

상앗대질을 하는 배:

배는 상처로 읽힌 것을

옮긴다.

쫓기는 이들과 함께 늦은, 침묵하지-

않는,

환한

동맹을 맺고.

아침-추, 금을 입혀서,

당신을 붙인다 함께-

약속하는, 함께-

채굴하는, 함께-

쓰는

발꿈치에.

실낱태양들이

잿빛 띤 검은 황무지 위에.

나무-

높이의 생각이

빛의 음률을 잡아챈다: 아직은

노래들을 부를 수 있다 인간의

저편에서.

뱀의 수레 안, 하얀
사이프러스를 지나,
만조를 지나
그들은 당신을 몰고 갔네.

하지만 당신 안에서는, 날 때
부터,
다른 샘이 보글거렸지,
검은
빛줄기 기억 곁에서
당신은 드러나게 기어올랐네.

단층거울면의 선들,* 습곡축褶曲軸들,
굴착—
지점들:
당신의 영토.

장미협곡의
양극에서, 읽을 수 있다:
당신의 부식된 단어.
북으로는 진실. 남으로는 밝음.

● Hans-Georg Gadamer, *Wer bin Ich und wer bist Du? Kommentar zu Celans ⟨Atemkristal⟩*, Suhrkamp, 1973. 94~97쪽. 가다머는 해당 단어 'Harnischstriemen'의 Harnisch를 '갑옷'으로, Striemen을 '길고 빨갛게 부어오른 자국'으로 해석했다. 여기서는 그다음 나오는 단어가 Faltenachsen(습곡축)임을 감안해 지질학적 맥락으로 옮겼다.

말의 댐, 화산처럼 폭발해,
바다를 놀라게 한다.

위에는
역창조물의
넘쳐나는 하층민 무리: 그는
깃발을 올렸다―모사와 복제는
공허하게 시간을 보내며 교차한다.

당신이 달의 말을 바깥으로-
던질 때까지, 그 말에 의해
기적인 썰물이 일어났지
그리고 심장-
모양의 분화구는
헐벗은 채 시작들을 낳았지,
왕의-
탄생들을.

(**나는 당신을 압니다.** 당신은 몸을 깊이 숙인 사람이지요,

나는, 꿰뚫린 사람, 당신의 신하입니다.

우리 둘을 위해 증언했던 말이 타오르는 곳은 어디입니까?

당신은—온전히, 온전히 실재합니다. 나는—온전히 미망입
니다.)

부식되었다

그대 언어의 광채바람에 의해

헛경험이 뱉어낸 가지각색의−

수다—백 개의−

혀를 가진 내−

시詩, 무無가 되었던 것.

흩날려−

가버렸다,

막힘없이

길은 사람−

모습을 한 눈雪을 통과해서,

참회자의 눈, 환대

하는

빙하의 방들, 그리고 빙하의 탁자들로.

시간의 균열 속

깊이,

벌집얼음

곁에서

기다린다, 숨의 결정,

그대의 뒤집을 수 없는

증언을.

II

커다란

눈眼 –

없는 이에 의해

당신의 눈으로 만들어졌지:

여섯 –

모서리가 있는, 거절처럼 얼어붙어 하얀

빙하의 표석.

눈먼 자의 손, 별처럼 딱딱하다 그 손도

이름–방랑자에 의해,

표석 위에서 쉰다, 너에게서

그렇게 오래 쉰 것처럼,

에스터•여.

• 페르시아의 왕과 결혼해 동족의 몰락을 막은 영웅적인 유대인 여성. '별'
을 뜻하는 고대 페르시아어에서 유래한 이름이다.

노래할 수 있는 여분―반달형 문자를

통과해서

소리 없이 부수고 나아간 것의 윤곽,

떨어져서, 눈麻의 장소에.

혜성의 ─

눈썹 아래

선회하며

흐릿하고도 작은

심장의 위성이 몰고 향하는

눈길의 덩어리

밖에서

노획한 섬광을 가지고.

―금치산 선고를 받은 입술아, 알려다오,

무언가가 일어난다는 걸, 지금도 여전히,

네게서 멀지 않은 곳에서.

밀려오는, 커다란-
세포질인 잠의 구조물.

각각의
중간벽은
회색빛 함대에 의해 항해한다.

글자들은 대열을 이탈한다,
그 마지막의
꿈으로 빽빽한 거룻배들—
어느 배나 아직
침몰시킬 수 있는 기호의
부분과 함께
독수리 발톱 같은 예인밧줄에
끌려.

스무 송이, 영영

달아나버린 슐뤼셀부르크-꽃*

네 헤엄치는 왼쪽

주먹에서.

물고기-

비늘 안에서 부식된:

손의 금들,

손에서 생겨나왔네.

하늘의- 그리고 땅의-

산酸이 함께 흘렀다.

시간-

계산은 딱 떨어졌다, 나머지 없이. 교차된다

—너, 재빠른 우울을, 위해—

비늘과 주먹이.

● 러시아 상트페테르부르크를 보호하는 요새 역할을 했던 슐뤼셀부르크와 봄에 가장 먼저 꽃을 피우는 앵초를 뜻하는 슐뤼셀블루멘을 합해 만든 단어로, 첼란의 시에 자주 등장한다.

더이상 모래예술 없이, 모래책 없이, 명인 없이.

주사위를 던져 아무것도 얻지 못했다. 얼마나 많은
침묵이 있나?
열일곱.

네 물음—네 대답.
네 노래, 노래는 무엇을 아는가?

깊이눈들 속에서,

       깊눈에,

            이—이—에.

밝음허기 ─ 허기를 안고

나는 빵 ─

계단을 올라갔다,

눈먼 ─

종 아래서:

종은, 그 물처럼 ─

맑은 것은,

함께 올라온, 함께 ─

잘못 올라온 자유를

덮어씌운다, 자유 옆에서

하늘 가운데 하나는 배불리 먹었다,

그 하늘을 내가 휘게 했지

말이 흘러 지나갔던

그림의 궤도, 피의 궤도 위로.

흰 것이 우리를 덮쳤을 때, 밤에;

기부단지에서 물보다

많은 것이 나왔을 때:

혹사당한 무릎이

제물을 위한 종에 신호를 주던 순간:

날아라! ―

그곳에서

나는 아직

온전했다.

공허한 삶의 농가. 통풍기 안

텅 비어—

바람이 든 폐가

개화한다. 한 움큼

잠의 알갱이는

흩날린다 진실을—

더듬거리는 입에서

나와 눈들의—

대화에게로.

셋 이상 바다에-
취해 잠자고 있는
갈조류의 피로
번호가 붙은 젖-
꼭지의 돌

덮어라
마지막
비의 끈에 찢-
어진 네 하늘을.

그리고 두어라
너와 함께 여기로-
말을 타고 온 네 민물조개를

이 모든 것을 아래로-
천천히 들이켠다, 네가
조개를 시계그늘의
귀에 대기 전에,
저녁에.

흰 테필린* 곁에 ― 이러한

시간의 주님은

겨울의 창조물

이었다, 그를

위해

행해진 것, 행해졌다 ―

그는 내 기어오르는 입을 꽉 깨문다, 한번 더,

그가 당신을 찾았을 때, 연기의 흔적

당신, 저 위에서,

여자의 모습인,

당신은 검은 자갈 속에 있는

내 불의 생각으로

여행중이다

내가 당신이 가는 것을 보았던

균열의 말들 저편에서, 긴―

다리로 그리고

무거운 입술에 적응된

머리

내 죽을 만큼 정확한

● 유대인들이 모세 5경의 경구를 적은 양피지를 넣어 손이나 머리에 지니는
검은 가죽 상자 세트.

손들에 의해

살아 있는 몸 위에 놓인 머리로.

말하라 당신의 것을, 당신을

골짜기 안쪽까지 따라-

들어간 손가락들, 마치

내가 당신을 알았던 것처럼, 얼마나 멀리

내가 당신을 깊은 곳으로 밀었는지, 그곳

내 가장 쓰라린 꿈이 당신과

내 떼어낼 수 없는 이름의 침대에서

마음으로부터 동침했던 곳으로.

눈멀어라 이미 오늘:

또한 영원이 서 있다 꽉 찬 눈으로—

그 안에서

익사한다, 그림들을 벗어나도록 도와준 것은

그들이 왔던 길을 지나,

그 안에서

꺼진다, 당신을 언어로부터

떼어냈던 것 또한, 당신이 허락했던

몸짓으로 순전히

가을과 비단과 무無로 이루어진

두 단어의 춤처럼.

좁은 나무의 날 그물신경 같은

엽맥의 하늘 이파리 밑에. 큰

세포질의 빈 시간을 통과해 기어오른다, 빗속에,

그 검고도 푸른, 그

생각의 딱정벌레.

짐승의 피 같은 단어들이

딱정벌레의 더듬이 앞으로 몰려든다.

오늘:

밤 같은 것, 다시, 불에 채찍질을 당했다.

반짝거리는 것

나체식물의 윤무.

(어제:

노 젓는 이름들 위로

정절이 떠다녔다;

분필은 쓰면서 이리저리 헤맸다;

펼쳐져 인사했다:

물이 되어버린 책.)

부엉이자갈을 뽑았다—

잠의 추녀 돌림띠로부터

그는 내려다본다

네가 빠진, 다섯 눈眼을.

그 밖에는?

두드려진-쪽의

절반의- 그리고 사분의 일의-

동맹자.

잃어버린-망쳐버린 언어의

재산.

그들이 마지막 그늘을
버팀목으로 세울 때,
너는 맹세하는 손을 깡그리 태워버린다.

정오, 몇 초의

떨림 옆,

둥근 무덤의 그늘 속, 방에

갇힌 내 아픔 속

―당신과 함께, 이리로 와서-

침묵된 사람, 나는

로마에서 이틀 동안

황톳빛과 붉음으로 연명했다―

오라 당신이여, 나는 그곳에 이미 누워 있다,

밝게 문들을 통과해서 미끄러져나가며, 수평으로―:

팔들이 보인다, 당신을 안던 팔, 그것만이. 그토록 많은

비밀에

아직 나는 혼신을 다한다, 무엇보다도.

내 손의 **피부 아래** 기워진:

손들로 위로받던

당신 이름을.

내가 공기 덩어리를

반죽할 때, 우리의 식량,

광적인-열린

땀구멍에서 나온

글자의 은은한 빛이

덩어리를 발효시킨다.

시각時刻들의 유리잔, 작약그늘 속

깊이 매장된다:

만일 생각이 성령강림제의 -

숲길로 내려오면, 드디어,

제국이 생각에 주어진다,

당신이 모래에 파묻혀 서서 망을 보는 곳에.

항구*

상처는 치유되었다: 어디서-,
어느 때 당신이 나처럼, 사방-
팔방으로 창녀의 탁자에 있는
화주병의 목들을
꿈꾸었다면

―주사위를 던져라
내 행운에 맞게, 바다의 머리칼이여,
나를 안고 가는 물결을 뭉쳐서 삽질해라, 검은 저주여,
길을 뚫고 나가라
가장 뜨거운 품을 통해서,
얼음비애의 깃털―,

어디-,
로

* 1964년 6월 25일과 26일의 낭송회 참석차 방문했을 때 쓴 시로, 항구는
함부르크를 의미한다.

당신 나와 함께 눕기 위해 오지 않겠는가, 또한

벤치들 위

무터 클라우젠,* 그래 어머니는

안다네, 얼마나 자주 내가 당신에게

목이 쉬도록 노래했는지, 하이디델두,

마치 블루베리같이 푸르렀던

고향집 오리나무 모든 이파리와 함께,

하이두델디,

당신, 세계의

산등의 저편

별빛 피리처럼—또한 그곳에서

우리는 헤엄쳤다, 벗고도 벗은 자들, 헤엄쳤다,

새빨간 이마 위

심연의 시구를—다 타지도 않은 채로 파묻었다

깊이—

● 초고에는 함부르크 출신 여성운동가이자 사회개혁가인 '무터 파울젠'이었
다. '무터 클라우젠' 또는 '무터 파울젠'이라는 선술집, 아니면 같은 이름의 주
인이 운영하는 선술집이 1964년 당시 있었는지는 확인되지 않았다.

안으로 밀려오는 황금은

그의 길들을 위로 향하여—,

　　　　　　　여기,

눈썹을 단 돛과 함께,

또한 추억이 지나갔다, 천천히

저쪽으로 솟구쳐올랐다, 불들은, 떨어-

져서, 당신,

떨어져서 두 척의

푸르고도-

검은 기억의-

거룻배 위에,

그런데도 내가 당신을 붙잡은,

천 개의-

팔에 또한 지금 내몰려서

건너간다, 슈테른부르프-선술집을 지나,

우리의 아직도 취한, 마시는,

평행세계의 입들을—나는 단지 그들을 그렇게 부른다—,

저편까지 시간이 푸르른 시계탑 옆

망-, 숫자의 막은 소리 없이

벗겨지고—미망의 선거船渠가,

헤엄치며, 그 앞에

세계의 저편처럼 하얗게

거대한 기중기의

글자들은

이름 아닌 것을 쓴다, 그 곁으로

높이 기어오른다, 죽음의 도약을 위하여,

이동윈치 삶은,

그

도약을 뜻-

에 굶주린 문장들이 자정 후에 파낸다,

그것을 향하여

넵투누스의 죄는 곡식-

화주빛의 예인밧줄을 던진다,

열두-

음인

사랑처럼 시끄러운 부표 사이로

—두레우물의 도르래 그때, 너와 함께

더이상 내륙의 합창을

노래하지 않는다—

신호불을 단 배들이 춤을 추며 온다,

멀리, 오데사*에서.

우리의 짐에 신의를 지켜, 우리와 함께 가라앉은

저지대의 표시,

이 모든 것이 장난친다

아래로, 위로 그리고—왜 아니겠는가? 상처는 **치유되었다**, 어

디-, 언제—

여기로 그리고 지나서 그리고 여기로.

● 흑해 연안에 있는 도시.

III

검게,

회상의 상처같이,

두 눈이 당신 향해 헤집는다

심장의 이齒에 밝게—

깨물린 크론란트*에서,

우리의 무덤을 내버려둔 곳:

이 수직갱을 지나 당신은 와야 한다—

당신은 온다.

씨앗—

감각 속

바다는 당신을 별 없이 둔다, 마음속 깊이, 영영.

이름을 붙이는 일에는 끝이 있다,

당신 위로 나는 내 운명을 던진다.

* 오스트리아헝가리제국이 16세기부터 차례로 정복한 중동부 유럽의 황실 직할지. 첼란의 고향인 부코비나는 1918년까지 오스트리아헝가리제국의 독립적인 크론란트에 속했다.

망치머리인 것, 측대보로
걸으며,
우리 옆에서부터, 두 겹으로,
천천히 밀려나오는 붉음흔적.

은빛인 것:
말굽의 언설들, 자장가―
말 울음소리 ―, 꿈-
장애물 그리고 -방해물―: 아무도
더 가서는 안 된다, 아무것도.

내 아래의 당신을, 켄타우로스처럼
뒷발로 서서,
나는 우리의 저편으로-
살랑거리는 그늘 안에 이르게 한다.

유골단지가 있는 **풍경**.

연기의 입에서 연기의 입으로

가는 대화.

그들은 먹는다:

정신병원 환자-송로버섯,

파묻히지 않은 시학 한 조각,

혀와 이를 찾았다.

눈물 한 방울이 그들의 눈 속으로 되구른다.

왼쪽의, 고아가 된

순례자-

조개*의 반쪽을—그들은 너에게 선물했지,

그런 다음 너를 묶었지 —

공간을 샅샅이 비추면서:

죽음에 대항하는 벽돌놀이가

시작될 수 있다.

● 가리비. 중세의 순례자들은 이 패각을 모자에 달고 다녔다.

광대북,

내 심장동전 때문에 시끄럽다.

사다리의 새싹들, 오디세이

너머, 내 원숭이여, 이타카를 향해 기어오른다,

뤼 드 롱샵,* 엎질러진 포도주 뒤

한 시간:

그림을 위해 해다오,

우리를 고향으로 데려갈 패를

잔 속으로 던진 그림, 그 속 네 곁에 내가 누운,

아무 패도 던질 수 없이 내가 누운 그 그림을 위해.

● 첼란이 1958년에서 1967년까지 살았던 파리의 거리.

만일 당신이 침대에

실종된 깃발의 천으로 된 거기 누워 있다면,

푸르고도 검은 음절 옆, 눈⬥의 눈썹그늘 속,

온다, 생각—

의 분출을 뚫고,

두루미가 헤엄치며, 강철처럼 —

당신은 그에게 당신을 열어 보인다.

두루미의 부리가 당신에게 시각을 째깍거린다

모든 입속—모든

종침의 속, 타오르는 붉은빛 밧줄과 함께, 어떤 침묵—

세기에,

기한 없음 그리고 기한 있음은

서로를 죽음으로 밀어넣는다,

은화들, 동전들은

네게 세찬 비처럼 내린다, 땀구멍을 지나서.

그

초를 다투던 형상 속으로

당신은 날아간다 그리고 차단한다

문을 어제 그리고 내일, —인광을 발하며,

영원의 이빨처럼,

움튼다 네 가슴 한쪽이, 움튼다

다른 한쪽도,

그 짐을 향하여,

그 충돌 아래로—: 그렇게 가까이,

그렇게 깊이

흩어진 채로

별 같은

두루미의-

정자精子가.

숯으로 속임수를 쓴 잠 뒤로

─우리의 작은 오두막을 사람들은 알지─,

꿈의 빚이 우리를 부풀게 하는 곳, 불처럼, 무엇보다도,

그리하여 나는 황금손톱들을 몰았지 우리의

나란히 관처럼 아름답게

헤엄치는 아침에,

그곳에서 회초리는 우리 눈앞에서 왕처럼 튕겨오르고,

물이 왔다, 물이,

비꼬듯이

작은 배들은 커다란 초秒의 기억을 통하여 앞서서 저를 땅에

묻고,

진흙-아가리를 한 짐승을 몰고 갔다 우리 주변으로

─그만큼이나

하늘을 잡지는 못했다─,

당신은 무엇이었나, 찢긴 사람, 하지만

다시 어살漁殺을 위하여!─, 짐승을 몰고 갔다, 그 짐승을,

소금의 수평선들이

우리의 눈길을 짓고 있었다, 산맥 하나가 자라났다

영원히, 내 세계에

당신의 세계를 불러모았던

멀리 골짜기에서.

프라하에서

절반의 죽음은,

우리 삶으로 배부르게 젖을 먹고,

재그림처럼 선명하게 우리 둘레에 누웠다—

우리도

아직 마시고 있었다, 영혼이 교차되어, 두 개의 검,

하늘의 돌들에 박음질되어, 말들의 핏줄로 태어나

밤의 침대에서,

더 크게 그리고 더 크게

우리는 엉켜서 자라났다, 더이상

우리를 다그칠

이름은 없었다(얼마나 많은ㅡ

그리고 삼십몇 개 가운데 하나가

네게로 향하는 망상의 계단을 기어오르는

내 살아 있는 그림자였는가?),

탑 하나,

어디로 속으로 맥주 반 리터를 세운다,
온전히 황금 만드는 이의-거절로만 지어진
흐라드차니.*

뼈-히브리어,
정자로 잘게 갈리고,
우리가 헤엄쳤던
모래시계를 지나서, 두 개의 꿈 지금, 울리면서
시간을 거슬러, 그 자리들로 달려갔다.

* 프라하성 주변 지역.

야생난초로부터 —

가라, 헤아려라

걸음걸이의 그늘들을 함께

다섯 산 뒤 어린 시절까지 —,

그 시절, 내가

절반의 말을 열두 밤*을 위해 얻었던 그 시절로부터,

온다 내 손이

영원히 너를 붙들기 위하여.

작은 비운, 내 이름을

더듬거리는 네 눈 뒤에 앉히는

심장의 점만큼이나 크게,

내게 쓸모가 있네.

      너 또한 오는구나,

마치 목초지를 넘어오듯이,

부두벽이 그려진 그림을 가지고,

그곳에서 주사위를 던졌네, 마치

우리의 열쇠처럼, 거절된 것 깊숙이,

우리 둘이 아직도 소유한 무언가와 함께한

* 크리스마스인 12월 25일부터 주현절인 1월 6일까지의 기간.

이방인들은

문장紋章의 모습으로 스쳐가면서,

언어 곁을,

운명 곁을.

반쯤 파먹힌 자, 가면 같은—

얼굴의 초엽焦葉,

깊숙이

눈의 갈라진 틈—납골당 안:

안으로, 위로

두개골의 내부로,

네가 하늘을 겹겹이 나누는 그곳, 다시 또다시,

고랑과 굽이에

그는 자기 그림을 심는다,

그림은 자라나고, 자라나고.

두 주먹에서, 하얗게

말의 장벽으로부터 망치로 내리쳐

자유로워진 진실로부터,

너의 새로운 뇌가 만개한다.

아름답구나, 감출 것이 아무것도 없음으로,

그것, 생각의 그림자를

드리우다니.

그 속에, 움직일 수 없는,

열두 산맥, 열두 이마는,

오늘도 구겨진다.

또한 너로부터 나와 별의—

눈眼을 가진 배회하는 여인은 우울을

경험하리라.

흔들이나무*들이 빛 속으로 날아간다, 진실은

소식을 전해준다.

저편에서 강안의—

둑은 우리를 향해 높아져온다,

어두운

천 개의 광채가—다시

일어난 집들!—

노래한다.

얼음가시 하나가—우리 또한

불렀다—

음들을 불러모은다.

● 세모날 형태의 작은 나무판으로 미국, 호주, 아프리카 원주민들이 종교의
식 때 소리나게 흔들었던 도구.

저녁, 함부르크

에서, 끝없이 긴

구두끈 하나—

유령들이

물어 끊으려 한다—

피투성이 발가락 두 개가 묶여 있다

길의 맹세를 위해.

짓밟힌

기호들 옆에서 말舌의

피부 같은 기름천막 안, 시간의

출구에,

밝게 신음하는

소리도 없이

―그대, 왕의 공기여, 페스트

십자가에 못박힌 이여, 지금

너는 피어나는구나―,

땀구멍눈眼의,

고통으로 비늘이 덮여, 말馬을

타고.

위쪽으로 서 있는 땅,

갈라져서,

돌의 숨이 더해지는,

비행뿌리와 함께.

여기에서도

바다들은 그쪽으로 추락한다, 가파른 골짜기에서부터,

그리고 네 언어의—

부스럼 자국들 같은, 경악스러운

이교도가

엇갈린다.

사방으로 밀쳐진 것

언제나의-빛, 진흙처럼 누렇게,

행성의 중심부들

뒤에서.

고안된

눈길들, 시각의-

흉터들,

비행선 안으로 새겨져서,

지구-

입들을 구걸한다.

재의 영광 너의

세 갈래 길가에

뒤흔들린–매듭지어진 손들 뒤.

흑해의 언젠가: 여기,

한 방울,

익사한 노깃

위의,

돌처럼 굳은 맹세,

깊숙이

살랑거리기 시작한다.

(수직인

숨의 밧줄 위, 그 옛날에,

위보다 더 높이,

두 고통의 매듭 사이, 창백한

타타르인의 달이

우리를 향해 기어오르는 동안,

나는 네 안으로 또 네 안으로 나를 팠네.)

재의–

영광 너희의

세 갈래 길 –
손들 뒤.

너희 앞에, 동쪽에서부터, 주사위
던져진 것은, 두려워라.

아무도
목격자를 위해 증언
하지 않는다.

IV

쓰인 것은 움푹 파이고, 말
해진 것, 바다처럼 푸르게,
만▨들에서 불탄다,

녹아내린 이름들
안에서
큰돌고래가 치솟아오른다,

영원이 된 어디에도 없는 곳 속, 여기,
소리가 너무 큰—
종들의 기억 속—어디인가?,

누가
이렇게
네 조각으로 나뉜 그림자 안에서
가쁘게 숨쉬는가, 누가
그림자 아래서
천천히 밝아지는가, 밝아지는가, 밝아지는가?

첼로-시작을 알리는 신호

고통 뒤편으로부터:

폭력, 역逆 −
하늘들을 향해 쌓여,
굴린다 해석할 수 없는 것을
비행기 진입로와 입구 앞에서,

그
힘겹게 기어오르는 저녁은
폐의 가지들로 가득차 서 있다,

두
타오르는 구름 숨은
책 속에 파묻힌다,
관자놀이소음이 펼쳤던 그 책,

무언가 진실이 된다,

열두 번 불타오른다
화살들에 맞은 저세상,

검은—

피의 여인은 검은 피로

이루어진 씨앗들을 마신다,

모든 것이 적어지네, 존재하는 것보다

더,

모든 것은 많아졌네.

FRIHED*

집안 겹의 광기를 향하여,
그 돌의 작은 배들이 날아
오르는 곳
하얀 왕-방파제 위, 비밀들을 향하여,
끝없이
탯줄을 끊은
전쟁-단어가 교차되는 곳에서,

나는 그렇다, 갈대의 정수로 부양된 자,
네 안,
야생오리-연못 위에서,

나는 노래한다—

무엇을 노래하나 나는?

● '자유'를 의미하는 덴마크어.

태업자의

외투

붉은, 하얀

총알이 뚫고 들어간—

자리들 주위

원들과 함께

—그 원들을 통해서

너는 그것을 바라본다 우리와 함께 달리는

자유로운—

별 모양의 위—

외투가 이제 우리를 덮어준다,

부두의 녹청—귀족,

제 벽돌—생각들과 함께

둥글게 이마 주위로

정신을 쌓아올린다, 거품을,

빠르게

소음은 사그라진다
애도의 이편과 저편에서,

더 가깝게–
항해하는
왕관의 고름첨두는
잘못–
태어난 눈眼 속에서
덴마크어로
시를 짓는다.

주먹 속의 **자갈이 된 금언을,**

너는 잊는다, 네가 잊는다는 것을,

손목관절에서 구두점들

깜박이면서 결정 結晶 한다,

빗으로 갈라진

땅을 가로질러

휴식이 말을 타고 온다,

그곳에, 기억이

갑자기 타오르는,

무덤관목 옆에서,

그 하나의 입김이

그대들을 붙잡는다.

어디?

밤의 화산쇄설물 속.

비탄의 자갈돌과 ─표석들 속,

가장 느린 봉기 속,

지혜의 수갱 垂坑 '결코아님' 속.

물바늘들은

금이 간

그늘을 꿰매어 붙인다—그늘은

더 깊이 아래로,

저를 해방시킨다.

왕의 분노, 돌갈기처럼, 앞으로.

그리고 연기 자욱한
기도들—
종마들은, 더해져서ー
고통을 당했다, 그
길들일 수 없이ー순종하는
의용대:

찬미가의 발굽으로, 노래하면서
책장을ー, 책장을ー, 책장을ー
넘겼던 성경산맥을 넘어,
선명한, 함께ー
덜그렁거리는,
강력한 바다의 싹을 향해서.

SOLVE*

동쪽을 빼앗긴 자, 불

장작으로 갈라—

진 무덤나무에게로:

독—

성을 지나서, 대성당을 지나서,

상류로, 하—

류로 흘렀다

서로 나뉘어—

도망간, 숨—

겨진 글자에서 나온

헤아릴 수 없는

부를 수 있는 말할 수—

없는

이름들의

• '풀다' '떼다' '분리시키다'를 뜻하는 라틴어 solvere의 명령법 현재형.

아주 작게-불타오르는,

자유로운

구두점에 의해.

COAGULA*

또한 너의

상처도, 로자.**

그리고 네 루마니아 물소의

뿔빛***

모래침대 위

별자리 옆,

말하는, 붉은-

재처럼 강력한

곤봉.****

● '응고를 만든다'를 뜻하는 라틴어 coagulare의 명령법 현재형. 앞의 시 제목과 함께 연금술사들이 썼던 공식인 '풀고 이어라'를 이룬다.
●● 로자 룩셈부르크.
●●● 로자 룩셈부르크는 브로츠와프 감옥 투옥 당시 물소가 사람들에게 맞아 죽는 광경을 목격하고 1917년 글로 썼다.
●●●● 그녀는 곤봉에 맞아 죽었다.

108

두개골사색, 말없이, 화살의 흔적 위에.

너의 아가雅歌,
반쯤 무너진
소나무의 굳은
2월의 섬광 속에서
더 사나워진.

그, 아직도
달리고 있는 1마일
멜랑콜리.

이제 다다른 것으로 덤불을 둘러싸고, 목표처럼 푸르게,
배를 타고 꼿꼿하게,
또한 철걱거리는 낭떠러지-
축복을 벗어난다.

부활절불의 자욱한 연기, 한가운데

글자 모양과 비슷한

용골龍骨흔적으로 넘쳐흐르고.

(한 번도 하늘이 아니었다.

하지만 바다는 아직, 불처럼 붉다,

바다는.)

우리 여기에, 우리는,

지나가는 것이 기쁘다, 천막 앞,

함께 방랑하는 언어로

네가 사막의 빵을 굽는 곳.

가장 바깥에 있는 눈길 가장자리: 심장그늘의 밧줄

위로 두 개의

울림이 있는 춤.

그물은 그 아래, 생각

의 끝-

에 연결되어 ―얼마나

깊은 곳에?

그곳: 물어뜯긴

영원의 동전, 그물코를 통과해

우리에게 뱉어진.

세 모래목소리, 세 마리

전갈:

이주민족, 우리와 함께

거룻배를 타고.

부두의 암벽-휴식, 말을 탄 자세로,
위로부터
나누-
어진 으뜸패의 그늘에서 ―

너의
닳은
두 손, 어느 때보다 더 거친,
다른 곳을 움켜쥔다.

물을 긷는 이가, 다시
또다시
흘리고 있는 이가, 다시-
부어주는 대접 가득한 쏠개.

가볍게
이쪽으로 기울어져,
강 위쪽으로 조종된
방랑하는 그릇들, 가까이
네 무릎의 부스럼 딱지를 지나간다.

마름돌아, 말을 타고 가라.

내 옆의 잿빛 믿음아,

함께

마셔라.

엿듣는다
옮겨 묻힌 섬광들로부터
촛대가시 주위
불의 향기는.

모든
길이 열려 있다.

더 많은 땅을
내가 너에게 건네준다 눈멂 속에서—
너는 두 흰 땅을
가지고 있다, 한 손에
하나씩.

묻히지—
못한 이들, 헤아릴 수 없어라, 저 위에서,
아이들은,
뛰어내릴 준비가 되어 있다—

그대,
샘처럼 어두운 이여, 나는
그대와 닮지 않았다:

그대, 지금 허공을 떠도는 것처럼

즐거운 이여,

보이지 않는, 두번째, 서 있는

불이 그대에게 말뚝을 박는다.

현시된 실낱들, 상징의 실낱들, 시간
뒤에서 밤의 쏠개로
맺어졌다:

누가
너희를 볼 수 있을 만큼
눈에 보이지 않는가?

만텔눈眼, 만델눈眼,* 너는 왔다
모든 벽을 통과해,
이 지휘대를
기어오른다,
그 위에 놓인 것을, 다시 편다—

눈먼 자의 지팡이 열 개,
뜨겁게, 똑바르게, 자유롭게,
막 태어난 표시에서
사라져간다,

그 표시 위에서

* 각각 '외투'와 '아몬드'를 뜻하는 '만텔'과 '만델'을 이용한 말놀이.

멈춘다.

우리는 아직 그대로다.

굉음: 이것은
사람들 가운데에
발을 내디딘
진실 그 자체,
은유의 흩날림
한가운데로.

망상의 주발들, 썩은
깊이들.

내가——이라면

말하자면, 나는
—어디로 휘어지나?—
바깥의 물푸레나무라면,

너와 동행하는 것을 내가 알았어야 했는데,
번쩍거리는 회색빛법정,
너를 자라게 하다가, 재빨리
억지로 삼키는 그림과 함께
그리고 바짝-
끌어당긴, 가물가물 타는
너희 둘을 둘러싼
생각의 원과 함께.

리히텐베르크* 열두 장의 식탁보와 함께

상속된 냅킨** ―

굳게 입다물고 있는 표시―

구역 안에 빙 둘러선

언어의 탑들을 향해 건네는

행성의 인사.

그의

―하늘 없는, 땅도

없는, 그리고

물푸레를 믿는

동고비 한 마리 말고는

그 둘의 기억조차 지워져서―,

그의

도시의 성벽에서 꺾은

● 수학자, 천문학자, 독일 최초의 실험물리학 교수이자 아포리즘 작가로도
알려진 게오르크 크리스토프 리히텐베르크.
●● 1949년 빌헬름 그렌츠만이 펴낸 리히텐베르크 전집의 서문 내용을 인용
한 것. 리히텐베르크는 조카에게 보낸 편지에서 죽은 어머니와 형제자매를 생
각하며 유산으로 남은 냅킨과 식탁보를 언급했다.

하얀 혜성.*

한 성문聲門, 그를
우주 속에서
지키기 위하여.

생각—
실낱의
붉게 잃어버림. 큰 소리—
되어버린 비탄들
위에, 비탄
아래에—누구의
소리인가?

그러니—묻지 마라,
어디서—
내가 거의—라면
다시, 말하지 마라, 어디냐고, 언제냐고.

• 리히텐베르크의 연인이었던 마리아 도로테아 슈테히아르트의 애칭.

GIVE THE WORD

뇌수를 때려 ─반? 사분의 삼까지?─,
너는 준다, 밤이 되어서, 암호를 ─이러한 것:

"타타르인들의 화살."

                "예술죽."

                                "숨."

모두 온다, 어떤 그도, 어떤 그녀도 빠짐없이.
(지페트들과 프로빌레들*도 온다.)

한 사람이 온다.

세계의 사과처럼 커다랗게 네 곁의 눈물,
살랑거린다, 지나간다
답에 의해,

* 예언의 여신인 '지빌레'와 예언자를 뜻하는 '프로페트'를 뒤섞어 만든 말
놀이.

122

답,

답.

꽁꽁 얼었다―누구에 의해?

"지나갔다", 너는 말한다,

"지나갔다."

"지나갔다."

조용한 나병이 너를 입천장에서 떼어냈다
그리고 네 혀에 빛을 부채질했다,

빛을.

지빠귀를 바라봄에 대해, 저녁에,
나를 둘러싼
격자가 짜이지 않음을 통해,

나는 나에게 무기를 약속했다.

무기를 바라봄에 대해―두 손,
손을 바라봄에 대해―오래전에
납작한, 날카로운
자갈들이 쓴 행들

―물결, 너는
그를 실어왔다, 다듬었다,
너를 주었다, 잃어버릴 수-
없는 것, 그 속에,
해안의 모래, 너는 잡는다,
받아들인다,
갯보리, 흩날려라
네 것까지 더해서―,

행들, 행들,
우리가 휘감겨, 헤엄쳐 건너던,

각각의 세기에 두 번씩,

손가락 속의 모든 이 노래를,

노래 또한 우리를 통과해서 생생해진,

장엄하게―뜻 모를

밀물은 우리를 믿지 않는다.

V

커다란, 타오르는 아치

밖으로- 그리고 저쪽으로-

헤집는

검은 별자리-무리와 함께:

양자리의 자갈이 된 이마에

나는 이 그림을 낙인으로 찍으리, 뿔들

사이, 그 속에,

선회의 노래 속, 흘러나온

심장바다들의

골수가 부풀어오른다.

무엇에-

대항해서

그는 돌격하지 않는가?

세계는 가버리고, 내가 너를 짊어져야 하리.

석판의 눈을 가진 여인, 걸어서 나아가는
답변서에 의해,
눈먼 다음날 당도했다.

읽을 수 있는 핏덩이—여자 전령은,
이쪽으로 죽어나갔다. 무엇보다도,
뭔가를 알고 있는 가시철조망날개에 의해
움직일 수 없는
천 개의 벽 너머로 옮겨졌다.

그대여 여기, 그대: 생기를 얻었다
폐의 가지에 매달려 있는
삽질로 발굴—
된 이름들의
입김에 의해

해독할
수 있는 그대.

그대와 함께,
성대聲帶의 다리 위에, 커다란
그 사이 속에,

밤을 넘어.

심장음들로 사격되었다,
모든 세계의 조종석으로부터.

진창투성이, 그다음에는
해안의 잡초 같은 고요.

수문 하나 아직도. 사마귀 같은
탑에, 넘치게 쏟아부은,
소금기와
너는 합류한다.

네 앞에, 노 젓는
거대한 홀씨주머니 속,
광채가 마치 그곳에서 말들이 헐떡거리는 것처럼
낫질한다.

그대, 그 앞일을–
내다보는 높은 잠과 함께
입술에서 떼어낸 머리칼:
마침맞게 노래했던 재–
바늘의 황금귀를 통과해
꿰어졌지.

그대, 하나의
빛과 함께 목에서
찢어진 매듭:
바늘과 머리칼에 꿰찔려서
가는 중, 가는 중.

그대들의 돌변, 앞으로앞으로, 행운
뒤의 일곱–
손가락을 가진 키스의 손을
위하여.

하늘로 데워진
불의 틈은 세계를 통과한다.

거기 누구인가?—외침
그 내부에서:

너를 지나서 여기를 지나서
간판 위
영원한 도청기에 반사되어,
거짓과 혼란에 염탐되어,

끝없는 매듭을 끌면서, 그럼에도,
매듭은 배가 다닐 수 있게 한다 예인되지—
않은 대답을 위하여.

증기의 떠들-, 언술의 떠들-반란,
붉음보다 더 붉게,
커다란 혹한의 추력이
지속되는 동안, 미끄러지는
얼음의 굽은 등 위, 바다표범
무리 앞.

그대를 지나서 내내-
망치로 두들긴 강철,
여기에서 붉음보다 더 붉게,
쓰는,

그의 말들과 함께
너를 뇌의 덮개에서 벗겨낸다, 여기,
파묻힌 10월이여.*

너와 함께 황금을 주조하리, 지금,
만일 바깥에서 죽지 않는다면.

너와 함께 떠들 옆에 서리.

* 10월 혁명을 말함.

너와 함께 유리처럼 딱딱한 전단지를 닻줄로 묶어두리

읽는 피의 계선주에, 땅이

이러한 의붓극점을 지나서 밀어내는

계선주에.

네 상처 속에서 쉬렴,

부글부글 끓었다가 잘 휴식하면서.

그 둥긂, 작은, 단단함:

눈길의 벽감에서 나온다

구르며, 가까이로,

천이 아닌 것 속으로.

(그것은

─진주알을 갖는다, 그렇게 무거웠다

너를 통과하면서─,

소금덤불을 위해 자맥질하면서,

저편에서, 두 바다 속.)

빛도 없이 구른다, 색깔도

없이─너는

상아바늘로 꿰찌른다

─누가 모르는가,

줄무늬 돌, 너에게 달려드는 돌,

바늘 옆에서 산산이 부서지는 것을?─,

그리고 그렇게─흙은 어디로 떨어지나?─

돌게 하라 시간 위로,

예인밧줄을 파고든 열 개의 손톱달과 함께,

뱀에 가까움 속, 누런 만조에,

별을 닮은 모양으로.

VI

언젠가,

그때 나는 그를 들었다,

그때 그는 세계를 씻었다,

보이지 않게, 밤새도록,

실제로.

하나 그리고 무한,

파괴했다,

나를 이루었다.

빛이 있었다. 구원이었다.

실낱태양들

I

순간들, 누군가의 손짓들,

어떤 밝음도 잠들지 않는다.

사라지지 않았다, 곳곳에서,

정신을 집중하라,

일어나라.

프랑크푸르트, 9월

눈먼, 빛—
수염이 난 간이벽.
딱정벌레꿈이
샅샅이 벽을 비춘다.

그 뒤에, 비탄이 무수한 망점으로 나뉘어,
프로이트의 이마가 열려 있다,

바깥에서
굳게 침묵하는 눈물이
날카롭게 비판한다, 이 문장으로:
"마지막—
으로 심리—
학을 위하여."

위조—
갈까마귀*가
아침식사를 한다.

후두의 폐쇄음이

노래한다.••

• 독일어로 Dohle, 체코어로 Kavka다. 카프카 집안의 문장(紋章)을 뜻한다.
•• 1965년 9월 초 S. 피셔에서 주어캄프로 출판사를 옮기는 문제를 논의하기
위해 프랑크푸르트에 머물 때 쓴 시. 피셔 출판사는 프로이트 전집을 1960년부
터 출간해오고 있었고, 카프카의 작품도 출간했다. "딱정벌레꿈"은 프로이트
의 『꿈 해석』, 카프카의 「시골에서의 결혼 준비」와 연관된 것으로 해석할 수
있다.

우연은 속임을 당했다, 기호는 흩뿌려지지 않았다,

숫자, 몇 배로 늘어났다, 불공평하게 여기저기서 피어났다.

주는 덧없는 이, 비 오게 하는 이, 눈을 깜빡이네,

거짓이 일곱 번―

               타오르듯이, 칼이

                             아첨을 떨듯이, 목발이

위증을 하듯이, 아―

아래서

        이

               세계 아래서

이미 아홉번째 사자는,

                      흙을 파네,

너는 인간의 노래를 부르렴

이와 영혼, 그 둘의

단단함에 대한.

누가

지배하는가?

숫자에 밀려나, 색깔에 포위된 삶.

시계는

혜성이 오면 시간의 자리로 가고,

긴 칼이

낚시를 하고,

이름이

술수에 황금을 입힌다,

봉선화, 투구를 쓰고,

돌 속의 점에 숫자를 매긴다.

고통, 민달팽이의 그늘들.

나는 듣네, 결코 더는 늦지 않으리란 걸.

무미無味와 틀림, 말안장에 앉아,

여기에서 또한 이러함을 측량한다.

네 것 대신 공처럼 둥근 램프.

빛의 하강, 경계의 신처럼, 우리

집들 대신.

검게 두루 비추는
사기꾼의 함수기鑑首旗
정점
아래서.

말 아닌 말 안에 쟁쥐뇐 변모음:
너의 여운: 무덤의 표시판
생각그늘 가운데 하나
여기에.

어디에도 없는 곳의 **물린 자국.**

그 자국과도

너는 싸워야 한다,

여기서부터.

영원한 깊이 속: 벽돌−

입들이

질주한다.

너는 기도문 하나 불태워버린다

모두의 앞에서.

철자에 충실하게. 비상용 발판 위에,

올라감과 내려감이 있다,

크라테르● 가득 거품 이는

뇌.

● 고대 그리스에서 포도주와 물을 섞는 데 사용한 커다란 단지.

보인다, 뇌간과 심장줄기 옆,

어두워지지 않은, 지상의 것,

자정의 사수, 아침에,

열두 노래를 사냥한다

배반과 부패의 정수를 지나서.

우회로—
지도들, 인광을 발하는,
아득한 여기의 뒤는 순
무명지로만 얻어맞았다.

여행의 행운, 보렴:

주행속도의 탄환은, 목적지 앞
두 세관,
대정맥 속으로
넘어진다.

공동재산, 일
천 파운드
Folie à deux,*
깨어난다
독수리의 그늘에서,
열일곱 번의 간肝, 말 더듬는
정보돛대의
발치에서.

* 두 사람 또는 그 이상이 같은 정신병적 망상을 공유하는 감응성정신병.

그 앞,

편암질의 물표지에

서 있는 세 마리 고래가

곤두박질친다.

오른눈이

번뜩인다.

굵은 삼베–성직자의 모자, 탑처럼 높다.

비탄의 근원섬유 끝에 있는
별을 빼앗긴 이를 위한
관측틈.

속눈썹이음매, 비스듬히
신의 불을 향하여.

구부러진 입에 있는 노 젓는
황제의 지저귐을 위한
자리.

그것. 그리고 그와–함께–
가는 것 연기처럼 푸른,
벌거벗은
고원을 넘어, 그대.

경련, 나는 당신을 사랑하네, 찬미가여,

만집의 벽들은 당신-골짜기 속 깊숙이에서
찬양하네, 정자로 그려진 이여,

영원히, 영원하지 않게 된 당신,
영원해져서, 영원하지 않은, 당신,

헤이,

당신 안으로, 당신 안으로
나는 뼈막대에 새겨진 금을 노래하네,

붉디붉은, 멀리 치모 뒤에서
하프를 연주했네, 동굴 속에서,

바깥에는, 사방에는
끝없는 아주 없는-규범,

당신은 내게 아홉 번이나
얽힌, 흠뻑 젖은
짐승의 송곳니 다발을 던진다.

팔에 있는 너의 눈,
그
나뉘어 타버린,
너를 계속해서 흔드는 날아-
가는 심장그늘, 너를.

어디?

장소를 결정하라, 말을 결정하라.
끄라, 측량하라.

재-밝음, 재-엘레* —삼-
컸다.

측량하다, 틀리게 측량하다, 자리를 매기다, 말을 벗어나다,

어디에서 벗어나

재-
딸꾹질, 너의 눈은

* 길이 단위.

팔에,

언제나.

엉다이*

오렌지빛 한련旱蓮,

네 이마 뒤에 꽂아라,

철조망에서 나온 가시를 침묵시켜라

그 철조망과 함께 꽃이 이쁘거든, 또한 지금도,

철조망에 귀를 기울여라,

인내 없음의 한동안.

* 스페인과 국경을 맞대고 있는 프랑스 도시. 1965년 첼란이 여행했다. 그로
부터 이십오 년 전, 히틀러와 프랑코의 만남이 이루어진 곳이기도 하다.

포,* 밤에

불멸의 암호, 하인리히

4세로 인해 거북바늘 안에서

흔들린,**

앞서가며

엘레아학파***처럼 비웃는다.

* 피레네산맥 지역에 있는 도시. 1965년 첼란이 방문했다.
** 포에 있는 어느 성에서 하인리히 4세가 태어났는데, 그 방에 거북 모양의 요람이 전시되어 있다.
*** 고대 그리스의 엘레아에서 창시된 소크라테스 이전 철학파.

포, 나중에

네 눈―
초리 속에, 낯선 이,
알비파*의 그늘―

워털루-광장을
향하여,
고아가 된
짚신에게로, 마구 팔아치운
아멘을 향하여,
영원한
집의 틈으로
나는 당신을 노래한다:

바뤼흐**여, 단 한 번도

● 프랑스 남부 알비를 중심으로 한 중세 기독교의 한 교파. 가톨릭교회로부
터 이단으로 여겨져 박해받았다.
●● 17세기 네덜란드의 유대인 철학자 바뤼흐 스피노자. 암스테르담 워털루
광장의 벼룩시장에 생가가 있다.

164

울지 않은 자

네 주위에

모난,

이해되지 않은, 보는

눈물을 알맞게 –

갈아주던 이여.*

● 스피노자는 안경알을 연마하는 일로 생계를 유지했다.

타오르는 심지를 가진 **종마**,

공중부양을 하며, 고개 –

길에서,

엉덩이 위에는

혜성의 광채.

그대, 함께 –

맹세한 급류 속 해 –

독된 이,

날카로운 시구를 건너뜀 – 멍에를 진,

펄쩍펄쩍 뛰는 가슴들,

나와 함께 추락한다

그림들, 절벽들, 숫자들을 지나며.

온스 진실은 광기 깊숙한 곳에,

진실 옆으로

저울접시들이

굴러온다,

접시 둘 동시에, 대화중에,

싸우면서 심장–

높이로 들어올린 법이,

아들아, 이긴단다

소음 속에서, 우리의 처음처럼,

네가 내 것이 된,

골짜기에서,

나는 그것을 감는다,

오르골을—너는

안다: 보이지 않는,

들리지 않는

그것.

리옹, LES ARCHERS*

철로 된 가시, 감겨 있다,
벽돌벽감 안에:
부패-천년은
서먹하고, 극복할 수 없이,
네 달리는 눈들을,
따라간다

지금,
이쪽으로 던져진 눈길들과 함께,
너는 깨운다, 네 곁에 있는 사람을,
그녀는 더 무거워지리라,
더 무거워지리라,

너 또한, 네 안의
모든 서먹해진 것과 함께,
너는 너에게 서먹해진다,

더 깊숙이,

하나의
활시위가
제 고통을 너희 안으로 당긴다,

잃어버린 목표는
광채를 낸다, 아치여.

머리들, 섬뜩한, 그들이,

짓는 도시,

행운 뒤에.

네가 또 한번 내 고통이거든, 너에게 신실하라,

그리고 입술이 스쳐지나갔다면, 이편으로,

내가 내게서 나와 닿는 곳 곁에,

나는 너를 데리고

이 거리를 지나

앞으로 갔을 텐데.

어디에 나는 있나
오늘?

위험들은, 모든 것을,
그들의 장비와 함께,
촌뜨기처럼 비하시켰다,

쇠스랑 높이
하늘의 휴경지를 달고,

손실들은, 석회 낀 아가리처럼—너희
성실한 입들아, 너희 안내판들아!—
각도가 사라진 도시 속,
미미한 빛의 마차 앞에서 펼쳐져 있다,

—황금흔적, 역으로 받쳐진
황금흔적!—,

다리들, 급류에 환호를 지르며,

사랑은, 저 위 나뭇가지에,
오는-벗어난 것에 트집을 잡고,

커다란 빛,

섬광을 향해 고양되고,

원형광장들 오른쪽으로

그리고 모든 이익에게로.

오래전에 발견된 이들은

제게 편지의 말들을 속삭인다,

종이 없는 말을, 엿들은 말을 속삭인다,

네 은화처럼 커다랗게,

들으렴 또한

나의 강한

너는—

안다—어떻게,

높은 이리로, 포옹은

우리와 함께 있다, 끝없이,

부두로 향하는

계단 위에,

군인들의 행진은 얼어붙었다,

오데사의 사람들.

모든 네 인장을 부수어 열었는가? '결코 아님.'

가라, 히말라야삼나무가 되라 또한

그들, 종이-

같은 피부의, 열한 개-

발굽의 술책은:

물결, 꿀과-

먼, 젖과-

가까운, 만일

용기가 물결을 비탄으로,

비탄이 용기로, 다시 움직이게 한다면,

물결은 또한

불행을 알려주는

원숭이들을 위해

대추야자를 가공하는

전자-바보들을

비추지 않는 것이다,

II

잠조각, 쐐기들,
어디에도 없는 곳으로 표류했다:
우리는 우리인 채로 머문다,
이리저리–
조종된 둥근 별이
우리에게 동의한다.

진실, 단념한 꿈의 잔해에
밧줄로 매여,
어린아이로 온다
산마루를 넘어.

골짜기의 목발,
흙덩어리 주위를 맴돌며 윙윙거린다,
자갈돌에 의해,
눈眼씨앗들에 의해,
책장을 높이 넘긴다
위쪽에서 꽃피운 부정 속에서―꽃부리
속에서.

가까움에서 나온

배수갱들

깨워지지 않은

두 손으로 삽질해 퍼올린 회녹색:

깊이는

그에게 식물을 내준다, 들리지 않게,

저항 없이.

또한 그것을 지금도

숨기며,

돌의 날이 사람—

그리고 짐승의 무리를 불어서 비워버리기 전에, 완전히 마치

입들 앞에, 주둥이 앞에 등장한

일곱 피리가 요구하는 것처럼.

알에서 깨어난

갑각甲殼의 —

태양들.

갑옷을 입은 두꺼비들이

푸른 기도망토를 걸친다, 모래에 —

속한 갈매기들이 좋아하는

망토, 숨어서 기다리던

예루살렘세이지는

생각에 잠긴다.

영원들, 너를 지나
죽었지,
편지 한 장이 네
아직 다치지–
않은 손가락을 스치네,
광채나는 이마는
이리로 움직이네
그리고 잠자리에 들지
냄새 속에서, 소음 속에서.

인형 같은 바위취

텅 비게–

기도한, 온실–

같은 망명의

타일이음매 속,

뿔 모양 눈길은

반쯤–

열린 문 속으로 잠든다,

굼뜨게

온다 말–

많은 음절 하나가 걸어서,

깨어난

눈먼 자의 지팡이가 음절에

장소를 가리킨다 백마의

갈기 뒤로.

우박—

쏟아진 **사이의** 도움이

자란다.

이름을 지어 올리는 것은

중단된다,

빙하수는 완전히 자란 것들을

실어나른다

그들의 미혹되지 않은

불들의 떠다니는 목표를

통과해서.

성공한
산맥을 넘은
미라의 도약.

드문드문 있는 거대한-
오동나무 이파리,
도약을 알아챘지,

따지 않은 커다란
장난감-
세계들. 별자리에
어떤 봉사도 하지 않음.

백 개의 음절 같은 발굽이
관제탑들에서 망치로 내려친다
금지된
빛을 풀어준다.

비가 흥건히 내린 발자국들을 쫓아

침묵의 작은 광대가 하는 설교.

그것은, 마치 네가 들을 수 있는 것과 같다,

마치 내가 너를 아직 사랑하는 것과 같다.

하얀 소음, 묶여서,
빛줄기-
복도들
병 속의 소식과 함께
탁자 위로.

(병 속의 소식은 저를 듣는다, 바다를
듣는다, 더해서
바다를 마신다, 드러낸다
길을 찾기 어려운
입들을.)

그 하나의 비밀이
말 속으로 영원히 섞여든다.
(거기서 떨어진 자, 굴러간다
이파리 없는 나무 아래로.)

모든
그늘의 관절에
붙은 모든
그늘의 폐쇄,
들을 수 있고-들을 수 없다,

지금 응답하는 것들을.

악마 같은

밤의 혀로 하는 농담들은

네 귓속에서 나무가 된다,

눈길들과 함께 뒤로—

빗질된 것이

앞으로 튀어오른다,

탕진한

교량통행세들, 하프를 켜며,

우리 앞의 석회암골짜기를 끌로 샅샅이 조각한다,

바다 같은 빛의 토막은

우리를 향하여 높이 짖는다—

너를 향하여,

현세의—보이지 않는

피난처.

어둠을-접종한 이들,

그들의 견실한 궤도 위

상처의 주위를,

바늘처럼,

숫자와 숫자 아닌 것의 저편에서,

전령의 길 위에서, 지칠 줄 모르고,

유리처럼 딱딱한

문자의 세공하는 소음,

양쪽의 가장자리 술에

새로 나무를 심은

손들-구역(너 반쪽의

빛이여, 설화석고가 되어),

겨울 같은 보호림 안에서

소나무는 스스로를 무죄로 판결한다.

두번째

쐐기풀 소식

통통거리는

두개골

에게 건네는:

길은 가라앉고

살아 있는

하늘. 구슬프게 우는

노즐

아래,

영원한

시선교환의 한가운데,

너는 알려진,

별 없는 줄기를

말로 깨물어라.

파내려간 심장,

그 안에 그들은 느낌을 심었다.

거대한 고향의 조립-

식 부품들.

수양누이

삽.

부지런한
지하자원, 가정적으로,

데워진 당김음,

해독할 수 없는
안식년,

완전히 유리로 덮인
거미들—제단들 모든—
것을 뛰어넘는 낮은 건물 안에,

중간음들은
(아직도?),
그늘의 수다,

공포, 얼음에 알맞게,
비행 준비가 된,

바로크풍으로 외관을 둘러싼,
언어를 삼키는 샤워실,
의미론적 빛으로 가득찼다,

입식독방의

아무것도 쓰여 있지 않은 벽:

여기

살아라 너를

가로지르며, 시계 없이.

충돌하는 관자놀이들,
벌거벗은 채, 가면을 빌려주며:

세계의 뒤에서
청하지 않은 희망이 던진다
예인밧줄을.

바다 같은 상처의 가장자리들에
숨쉬는 숫자가 도착한다.

찬양되었다 페스트-

침대 시트 속. 밤을 빼앗긴

장소에서.

눈깜박임의 반사

넘쳐흐르는

꿈의 계단이

영涤이 되는 동안.

만일 내가 몰랐다면, 몰랐다면,

너 없이, 너 없이, 네가 없다면,

그들 모두가 온다,

그

스스로 참수를 당했던 이들,

평생 동안 뇌 없이 너–

없는 이들의 혈통을

노래했던 이들:

Aschrej,●

의미 없는 말 하나를,

변형된 티베트어를,

유대 여자에게

팔라스●●

아테나가

투구를 쓴

난소 안으로 내뿜었네,

● '복이 있는 자는'을 뜻하는 히브리어.
●● 아테나 여신의 다른 이름.

그리하여 만일 그가,

그가,

태아로,

카르파티아의 '아님아님'*을 하프로 켜거든,

알망드**가
레이스를 짠다

구역질하는 불-
멸의
노래를.

- 카르파티아산맥의 북동쪽에 위치한 첼란의 고향 부코비나는 2차세계대전 동안 나치로 인해 수난을 겪었다. 독일인은 강제이주를, 유대계 독일인은 죽임을 당한 이중의 수난을 의미하는 단어로 볼 수 있다.
- 16세기 중엽 독일에서 생긴 느린 2박자 춤곡.

살았다-쫓겨났다,

살고 쫓겨났다,

순종하는 암흑: 피의
세 시간 눈길의
샘 뒤,

차가운 빛-홑눈,
눈멀게 하기로부터 보호받았다,

열셋-
로트*의 무無:
너를, 행운의
피부로,
씌운

승천할
동안.

● 합금할 때 쓰는 은의 순도를 의미하는 고어.

200

거대한,
길 없는, 나무–
주사위를 던진
손–
영토,

오엽배열.

가지들, 신경으로 조정되어,
이미 붉어진
또렷한 그림자 위로
덤벼든다,
장미의–
개화 전
뱀이 문 자국.

홍소를 터뜨리는 묘비석 기도,

피의 말굽이 긁어모은다
기념꽃다발을,

재-합창석은
노래하는 녹소리를 뒤적인다,
방사된 황옥들을 매단다
공간 안에 높이,

뇌우의 의무가 있는
시체자루들은
일어난다,

장례 행렬 속
베멘 왕국*은
매혹적으로
히죽거린다.

● 11세기에서 16세기까지 지금의 체코슬로비키아에 존재했던 왕국으로, 이
후 합스부르크 왕국에 합병되었다.

202

영원들이 돌아다닌다
구부러진 빛줄기 속에서,

인사가 거꾸로 서 있다, 둘 사이에,

어두운 피를 가진, 함께
침묵하는
근육은
제가 함께 짊어진 이름을 심실로 보낸다,

그리고 퍼져나간다

발아를 통해서.

쓰레기를 집어삼키는 자—합창들, 은빛의:

속립열이

계속 올라온다 수갱무덤을 타고,

누가

이 12월을 생각하는가,

눈길 하나가

말하는 이마를 적시는 12월을.*

● 모차르트는 1791년 12월 세상을 떠났고, 죽기 전까지 속립열에 시달렸다.
당시 황제 요제프 2세는 유행병 환자나 의심 환자의 시신을 '수갱무덤'이라 불
린 공동묘지에 묻도록 했다.

III

악마로부터 벗어난 순간.

모든 바람.

폭력, 깨어나서,

폐의 찔린 상처를 꿰매어 막는다.

피는 제 안에 다시 빠진다.

보클레뮌트*에서, 전방을 넘어,

가벼운 필적은,

또한 너를 넘어,

더 깊은 이웃형제 철자는,

서둔다, 무한에서부터,

망치의 광휘 쪽으로.

● 독일 쾰른 북서쪽 외곽 지구.

끝 있는 **껍질**, 늘일 수 있는,
껍질마다
다른 형상이 단단히 뿌리내린다

천干은
아직 구굿셈이 아니다.

네가 쏜, 화살마다,
함께 쏜 표적이 따라온다
현혹되지 않은—비밀의
혼란 속으로.

사랑, 구속복처럼 아름다운,

짝을 이룬 학을 향해 나아간다.

그가 무無를 통과해 갈 때,

숨을 몰아쉼은 여기 세계들 가운데 하나로

누구를 데리고 오는가?

너는 내 죽음이었다:

내게서 모든 것이 떨어져나가는 동안,

너를 나는 멈출 수 있었다.

오른편에—누구? 죽음의 여신.
그리고 당신은, 왼편에, 당신은?

하늘—
바깥쪽에 있는 여행—초승달들은
회백색으로
달제비를,
별칼새를 함께 흉내낸다,

나는 그곳으로 자맥질하네
그리고 유골단지 한가득
네 안으로 내리붓네,
부어넣네.

고물이 된 금기들,

그리고 그 사이에서 경계를 넘나들기,

세계는 적셔지며.

뜻사냥 위로,

뜻—

도망 위로.

분노 순례자-순찰 바다 같은

안팎을 지나서,

Conquista*

가장 좁은

가슴-

저림 아래.

(지금 밀려오는 것, 아무도 그 색을 빼앗지 않는다.)

여기

가라앉은 함께-흘린 눈물들의

소금기는

밝은 항해일지탑들을

올라가느라

애쓴다.

곧

우리에게 깜빡인다.

● '정복' '획득'을 의미하는 스페인어.

고요, 뱃사공 노파여, 나를 태워 급류를 헤쳐가라.

속눈썹불, 앞을 비춘다.

그 하나의 자기-
별을 가진
밤.

재를 짜넣으며
시간 안으로, 시간 밖으로,
눈꺼풀그늘에 쑥-
들어간 두 눈.

함께 갈았다
화살처럼 가느다란
영혼들을,
말을 잃었다 공기해초의 수염이 난
기어가는 화살통과 함께 나누었던
대화중에.

채워진
빛조개는 양심을 지나서
나아간다.

뜨거운- 그리고 고생한 포도주에, 너무나 일찍이 간
죽은 이의 이름,
잔들의 세계를—그리고 그 세계만이 아니라—
나여 차례차례 떠올려라

그리고 나를 감아라 빳빳한 돛으로, 돛대처럼 강하게,
끝들은 닻의 털향유[*] 깊숙한 곳에,

그리고 내게 배꼽 하나를 더해라, 허리 사이에,
살찐 별들 아래
그들을 얼게-하는
주름진 밀물에서,
붉게 매음한
코르크로 이루어진.

---

[*] 꿀풀과에 속하는 식물.

비스듬히,
우리 모두처럼,
네게 얹혀 있다 하나의
보청기의 개폐식 뚜껑이,
열린 채,

그리고 네 귀먹은 것은,
저쪽에서, 관자놀이 만년설에,
지금 시들기 시작한다,
꽃받침마다 광대들–
방울 울리며.

심장글자의 바스러진 시야의 섬
한밤중, 작은
시동열쇠의 어슴푸레한 빛에.

목표를 향해 미쳐 날뛰는 힘이
너무 많다
또한 이렇게
곁으로만 별이 총총한
고공에도.

열망했던 자유마일은
우리에게 부딪힌다.

무방비로.

나란히 비뚤어진 꿈을 꾸었고.

기름은 둘레에—

응고되었다.

불거져나온 생각들과 함께

고통은 바삐 간다.

허겁지겁 치러낸 애도.

우울, 새로이 견디며,

균형이 잡힌다.

무조건의 종소리
그 모든 뒤섞인 비애의 뒤에서.

보조목책들, 밀고 들어왔다,
시간으로 검어진 상징 안에.
금언의
혹한고랑을 따라서.

모든 이것은 반쯤의
모반母斑-빛 곁에.

영원이 늙는다:

체르베테리*에서

아스포델**들은

묻는다 서로서로 하얗게.

중얼거리는 국자를 들고,

죽은 이의 분지에서 나와,

돌 위를 넘어, 돌 위를 넘어,

그들은 수프를 뜬다

모든 잠자리와

안식처에서.

● 고대의 공동묘지가 남아 있는 이탈리아 도시.

●● 아스포델루스속의 식물. 그리스신화에서는 천국에 피어 시들지 않는 꽃으로 죽은 자들의 세계와 연관되어 있다.

늦게. 애매한 물신이
크리스마스트리의 솔방울들을 깨문다,

혹한의 말들에
거칠어져
희망이 그 말들을 향하여 껑충거렸다,

창문이 날아간다. 우리는 바깥에 있다,

평평해질 수 없는
작은 언덕 존재,

머리가 무거운,
깊이를 반기는 구름이
우리를 또한 마차에 실어나른다
저 너머로.

모종들은―causa secunda* ―소작한다
너무나 확실하고
동공을 따르는
무無를,
그것이 너의―왜? 그렇게만― 오늘도
위로 올라가는 눈썹으로
여전히 가장자리를 박는다, 내가 바라볼 때,
그 아래에서
어쩌면 아직도 행해지고 있는 눈眼맹세를
위하여.

* '두번째 원인'이라는 뜻의 라틴어.

언덕줄들을 따라
작은 나무와 작은 나무 사이,
귀여운 사지를 펴는 고문들이
인동덩굴처럼 기어오른다,

둠–둠–지평선들, 그 앞에,
천배가 되어, 그래
너의
청각–음절
스피넷,•

가득차서 웅웅거리는 폐의 낮밤,

그
둘로 나뉜 대천사가
여기에서 방범을 돈다.

• 작은 형태의 하프시코드라 할 수 있는 건반악기의 일종.

224

오라, 우리가

신경세포들을 숟가락으로 뜬다

―좀개구리밥, 다극적으로,

텅 비게 비추어진 연못―

마름모꼴‑

구렁

에서.

열 개의 힘줄이 끌어당긴다

아직 닿을 수 있는 중추에서

반쯤 인지할 수 있는 것 쪽으로.

독소가 빠진, 독소가 빠진.

우리가 지금 칼이라면,
번쩍거리면서 뽑았으리라 그때처럼
눈眼의 격정을 따라, 파리로 향하는 나무그늘길에서,

북극의 수소가
펄쩍거리며 왔을 텐데
와서는 우리와 함께 뿔을 쓰고
밀쳤을 텐데, 밀쳤을 텐데.

영혼에 눈먼, 재 뒤에서,

성스러운–뜻 없는 말로,

운韻이 맞지 않는 이가 걸어서 온다,

뇌외투를 어깨에 가볍게 걸치고,

이도耳道를 울리며

그물처럼 엮인 모음으로,

그는 시홍소視紅素를 철거한다,

다시 세운다.

이웃 여인 밤.

난쟁이— 그리고 거인처럼 자란,

손가락 끝의 상처에 따라,

상처에서 나타나는 것에,

따라.

눈眼을 넘어서 때때로,

양쪽 다 오목하게

생각이 덧붙어 방울지며 오거든,

그녀에게서가 아니라.

어린 갈매기들, 은빛이 나는,
늙은 새들에게 구걸한다:
노란빛인 아래—
부리께의 붉은 반점에.

검은색이 —머리—
올가미가 너에게 보여준다—
더 강한 자극일 텐데. 파랑 또한
효과가 있다, 그래도
자극의 색깔은 아무 소용이 없다:
자극의 형상이
있어야 한다, 전체로,
완전하게
형성된,
미리 주어진 유산이.

. . . .

친구여,
타르를 넘치게 부은 자루로 껑충거리는 너여,
여기에서마저, 이
해안에 빠져들었구나

시간과 영원, 둘에게로, 그

오류의

목구멍 안으로.

IV

아이리시

나에게 길의 권리를 달라
밀알의 계단을 지나 네 잠으로 가는,
길의 권리를
잠의 소로를 지나는,
그 권리, 내가 이탄泥炭을 쩌를 수 있게
심장의 비탈에서,
내일.

빗줄들, 소금물로 축축한:
하얀
커다란 매듭―이번에는
풀리지 않는다.

흙더미 위 해초는 그 옆에,
닻의 그늘 속,
이름 하나가 놀린다
쌍둥이에서 풀려난
수수께끼를.

이슬. 그리고 나는 너와 함께 누웠다, 너, 허섭스레기 속에,

질퍽한 달이

우리에게 답을 내던진다,

우리는 서로 나뉘어 부스러졌고

바스러져 다시 하나가 되었다:

주님이 빵을 쪼갰다,

빵이 주님을 쪼갰다.

풍성한 전달

우리가
우리의 가스깃발을
흔들던 무덤 속,

우리는 여기
성스러운
냄새에 둘러싸여 있다, 그래.

탄내가 나는
저편의 악성가스가
우리 땀구멍에서 짙게 나온다,

하나 걸러 하나씩
충–
치에서 파괴되지 않는 찬가가
깨어난다.

네가 우리에게 던져넣은 희미한 빛의 덩어리를,
오라, 그 덩어리를 함께 삼켜라.

펼쳐졌다 이러한 날:

수천 년 묵은 반죽

더 나중에 올 훈족의

납작한 빵을 위해,

그만큼 늙은

소나무, 진흙을 약간 묻힌 채,

모든 초기를 생각한다

그리고 그 시간과 자신에 대항해서 드러낸다,

원시동물들의 발굽-

소리

효모-아리오소를 위해:

납작하고도 아름다운-노래할 수 있는 부풀어오름은,

아직도 위를 향해 나아간다,

그림자-

없는 정신, 외로움에서-

풀려나오고, 불사不死의

정신,

떤다

지극히 행복하게.

기름처럼 조용히

너에게로 주사위-숫자 일은 헤엄친다

눈썹과 눈썹 사이,

여기에서

멈춘다, 눈꺼풀 없이,

함께 바라본다.

그대들

어두운 거울 속에서 보이는 자와 **함께인**,

그대, 한 사람

바라본 실체 없는 빛거울 표면과 함께

마음속 깊이:

십-

층탑 같은 황무지의 문을 통과해

그대들의 전령-스스로 그대들 앞에 나타난다, 선다,

세 모음만큼 길게,

한창인

붉음 속에,

마치 먼 곳에 있는 무리가

또 한번 너희를 위해 모인 것처럼.

천사의 질료로부터, 영혼을

불어넣는 날에, 음경처럼

하나로 뭉친다

―그, 소생시키는-옳은 자, 너를 재웠다, 나에게로.

누이여―, 위쪽으로

흘러 운하들을 지나며, 위로

뿌리왕관 속으로:

가르마를 타며

왕관은 우리를 높이 들어올린다, 곧바로-영원히,

서 있는 뇌의, 번개가

우리에게 두개골을 잘 맞게 기워준다, 거죽을

그리고 모든

아직 씨앗이 될 수 있는 뼈를:

동쪽에서 흩뿌려져, 서쪽에 가져오기 위해, 곧바로-영원히―,

이러한 문서가 타는 곳, 사분의삼죽음

후에, 왕관의 공포 앞에서

몸을 굽히는,

이리저리 뒤척이는 나머지-

영혼 앞,

아주 오래전부터.

자유롭게 불어진 빛의 씨앗
세계의 피 아래
서 있는 고랑 속에서.

손 하나가 원광原光의 번쩍임과 함께
양치류 같은 제방들의 저편에서
야생으로 우거진다:

마치 아직도
어떤 위장은 굶었던 것처럼,
마치 아직도
어떤 열매 맺는 눈眼은
날아갔던 것처럼.

말의 동굴들에 옷을 입혀라
표범가죽으로,

말의 동굴들을 넓혀라, 가죽으로 그리고 가죽으로부터,
뜻으로 그리고 뜻으로부터,

말의 동굴에 주어라 앞뜰을, 방을, 문을,
그리고 야생을, 체벽體壁으로,

그리고 엿들어라 말의 동굴들의 두번째인
그리고 각각 두번째인 그리고 두번째인
음을.

높은 세계—잃어버렸다, 착란의 달림을, 낮의 달림을.

알아낼 수 있다, 여기에서부터,

휴경년의 장미를 가지고

고향을 가리키는 어디에도 없는 곳을.

재잘거리는

무기-

증명서들.

옮겨가는

                            계단 위에서

죽은 일들이

                  기지개를 켠다.

……그리고 도무지 없는
평화.

회색밤들, 의식 전의-차가운.
자극의 섞임, 수달 같은,
의식의 조약돌 위에
회상의 작은 거품으로
가는 도중에.

본질의 회색-안의-회색.

절반의 고통, 그리고 두번째의,
지속되는 흔적도 없이, 중간에
여기에서. 절반의 욕망.
움직이는 것, 점령된 것.

반복의 강제-
카마이외.*

* 하나의 색을 여러 톤으로 사용하는 방법.

가까이, 대동맥아치 속에서,

밝은 피 속에:

밝은 말.

어머니 라헬*은

더이상 울지 않는다.

모는 울었던 이를

저 너머 지고 가며.

조용히, 관상동맥 속에서,

휘감기지 않았다:

광휘, 저 빛이여.

● 창세기에 나오는 야곱의 두번째 아내이자, 요셉과 베냐민의 어머니.

태양의 해年를 던져라, 네가 의지하고 있던,

심장의 뱃전 너머로

그리고 노를 저어라, 계속 긁어라, 연결하면서:

두 다세포동물, 두 메타지역,

그것이 그대들이었다,

생명이 없는 것, 고향은,

지금 귀향을 요구한다— :

나중에, 누가 알리,

너희 둘 가운데 하나가 변해

다시 올라오는 것을,

문장紋章 속에,

짚신벌레 하나로,

섬모를 달고.

네가 궁핍의 단지조각을 발견했기에

폐허지에서,

그늘이 드리운 세기가 네 곁에서 쉰다

그리고 네 생각을 듣는다:

아마도 그것은 사실이리라,

여기 토기단지로부터,

두 민족의 평화가 의논된 것은.

왔네 시간이:

뇌의 초승달, 반짝이며,
하늘을 배회한다,
담즙의 별자리에 둘러싸여 이리저리 돌아다닌다,

반反자력들, 지배자들,
허풍을 떤다.

입술들, 그대-밤의 **발기조직** :

가파르게 커브를 그리는 눈길들이 기어서 올라온다,

접합부를 이룬다,

여기에서 단단히 꿰맨다— :

진입금지, 검은통행세.

여전히 반딧불이가 있어야 하리.

V

권력, 폭력.

그 뒤, 대나무 속에:

교향악적으로, 짖어대는 나병.

빈센트의 잃어버린

귀가

목적지에 도달해 있다.

낮의 회반죽: 빛이
통과되는 가시 –
관자놀이가
아직 이슬에 젖어 있는 단 하나의
어둠을
움켜쥔다.

죽음을 곰곰이 생각하면서
근섬유 하나가
심첨心尖에 이른다.

대화의 벽들, 공간 안쪽으로—
네 안으로 몸소 실패를 감으며,
너는 끝벽까지 고래고래 소리지른다.

안개가 타오르네.

열기는 네 안에 걸려 있네.

고아가 되어버린 뇌우함지 안
사四 엘레의 땅,

그늘이 드리운 천상
서기의 문서,

미하엘은 이류泥流에 묻혔고,
가브리엘은 진흙으로 덮였네,

헤베•는 돌번개처럼
발효되었네.

● 그리스신화에 나오는 청춘의 여신.

양쪽으로 흉터가 사라진 몸통들,

양쪽으로 벌거숭이 위에 덮인 죽음의 종잇장,

양쪽으로 현존에서 벗어난 표정.

가장 하얀

나무의

가장 하얀 뿌리에서부터

땅으로 뽑혀나왔다.

계속해서 굴러간 근친상간–돌.

의사의 신장에서 도려낸,

눈 하나가,

히포크라테스 대신

거짓맹세–메이크업을 읽는다.

폭파, 잠폭탄들, 황금가스.

나는 헤엄친다, 나는 헤엄친다

색깔로, 쌓여서,

존재들이 다시 온다, 저녁에, 요란하게,

잠자리 없는

사분의일몬순,

타오르는

눈꺼풀없음들 앞에서

후드득거리는 기도.

연기제비는 천정天頂에 서 있었다, 화살-
누이,

공기-시계의 한시가
시침을 향해 날아갔다,
종소리 안 깊은 곳을 향해,

상어는
살아 있는 잉카를 뿜어냈다,

그것은 점거-시간이었다
사람의 나라 안에서의,

모든 것은
우회한다,
마치 우리처럼 봉인이 풀려.

하얗게, 하얗게, 하얗게
마치 격자 백색 도료처럼,
벌들은 일렬을 이룬다
그리고 행진한다
안으로.

덮이지 않았다. 완전히
가슴을 편 너.
모두에 대면하여
네 앞의 수증기 악취는 풀어졌네.
어떤
숨도 자라지 않는다, 갈아입을-
수 없는 것들.

돌동전왕은 앞에서
돌당나귀엉덩이에 의해 쓰러진다,
손들은 차갑게 젖었다
젖을 애닳게 찾는
표정 앞에서.

너에게 대항하는 **침묵의 밀침,**

침묵의 밀침들.

해안같이

너는 계속 사는구나

시간의 환적항들에서,

원뿔머리의 얼음–승무원들이

주차장 지붕을 덮는

쌍활주로–가까이에서.

HAUT MAL*

속죄하지 않은 자,

잠에 중독된 자,

신들에게 더럽혀진 자:

네 혀는 그을었고,

네 오줌은 검고,

물처럼 쓰디쓴 너의 똥,

너는 늘어놓는구나,

나처럼,

외설스러운 연설을,

너는 한 발을 다른 발 앞에 놓고,

한 손을 다른 손 위에 올려둔다,

염소가죽으로 휘감는다,

* 프랑스어 'haut'(높은)와 'mal'(병)이 합해져 간질병적인 발작을 뜻하는 의학 용어.

너는 내 몸을

거룩하게 하는구나.

비둘기알만한 식물이

목덜미에:

수수께끼놀이,

함께 계산하며 −신적으로,

알롱지*−

가발을 위하여,

미래를 발설하면서,

강철섬유처럼 기쁜,

장소,

한−

번의 심장통

시험을 위해서.

• 17, 18세기 유럽에서 유행한 남성용 긴 곱슬머리 가발.

겨울에 잠긴 바람들판: 여기에서

너는 살아야 한다, 낱알처럼, 석류와 같이,

침묵하는 전前혹한에 의해

단단해져서,

네가 노래해서

얻었던,

별을 뱉어내는

초음-날개의

황금처럼 노란 그늘 가운데에—하지만 너는 한 번도

새나 과육만은 아니었다—

칠흑 필적을.

바깥. 모과처럼 노랗게
절반의 저녁 한 조각은
표류하는 기움돛대에 흔들린다,

맹세들,
회색 등처럼, 바다처럼 단단히,
굴러간나
뱃머리를 향하여,

집행인−
올가미 하나,
숫자를 아직
눈에 −
보이는 형체의 목에 두른다.

누구도 돛을 쓰다듬을 필요가 없었다,

나, 선원은
간다.

누가 이번 술을 돌렸나?

청명한 날씨였다, 우리는 마셨다

그리고 고래고래 재-뱃노래를 불렀다
큰 6월-조난사고를 겪으며.

어지러운 심정, 나는 안다
너의 작은 물고기처럼 득실거리는
칼을,

나보다 더 강하게
바람 곁에 누운 자는 없었다,

나 말고 그 누구에게도
우박돌풍은
바다처럼 청명하게 칼에 찔린
뇌를 뚫고 들어간 적이 없었다.

* Heddergemüt. 독일 철학자이자 나치 추종자이기도 했던 하이데거(Hei-degger)의 이름을 변형한 것으로 해석하는 첼란 연구자들도 있다.

그가 명명한, **아무 이름 아닌 것**:

그의 동음同音이

우리를 묶었다

뻣뻣하게 노래할 수 있는

밝은 창궁 아래에.

생각하라

생각하라:

마사다*의 늪지대 군인이

고향을 깨우친다, 가상

지워지지 않을 것 위에서,

철삿줄의

모든 가시를 거스르며.

생각하라:

형체 없는 눈 없는 자들이

너를 자유롭게 이끌고 아수라장을 지나간다, 너는

강해지고

강해진다.

생각하라: 네

소유의 손은

* 로마 군대와 싸우던 유대인 최후의 보루로, 서기 73년 함락당하자 그곳에서 싸우던 모든 유대인이 스스로 목숨을 끊었다.

272

이러한 다시
살 수 있는 땅의
삶 속으로 솟아올라–
시달린
조각을
붙든다.

생각하라:
그것은 나에게로 왔다,
이름이 깨어, 손이 깨어
영원히,
매장할 수 없는 것으로부터.

빛의
압박

I

청력의 여지, 시력의 여지,
침실 안의, 일천일,

밤낮으로
곰-폴카:

그들은 너를 재교육한다,

너는 다시
그가 되리라.

밤이 그를 몰고 갔다, 그는 자신에게로 돌아왔다,
고아의 가운은 깃발이었다,

헤맴은 더이상 없다,
그를 몰고 간다, 똑바로—

그것은, 그것은,

       마치 쥐똥나무에 오렌지들이 있는 것처럼,
마치 그렇게 몰려간 자가 아무것도 걸치지 않은 것처럼
그의
첫,
모반 같은, 비밀–
로 얼룩진
피부 말고는.

조개무지: 나는
자갈곤봉을 들고 그 사이를 다녔다,
강들을 따라서 녹아—
내리는 얼음—
고향으로,
그에게로, 그를 흉내내어
누군가의 표지를
난쟁이 자작나무의 숨결 속에
새길 수 있는 부싯돌에게로.

레밍들이 파헤집는다.

더 늦음은 아니게.

접시 유골단지는
아니게, 돌출조각은
아니게, 별의 밤—
달린 장식 핀은
아니게.

채워지지 않은,
잇대어지지 않은, 기교 없이,

모든 변환하는 것이 천천히

내 뒤에서

긁어내며 올랐다.

재의 국자로 퍼올렸다

존재의 함지에서,

비누 같은, 두

번째

침전물 속, 잇-

따라서,

이해하기 어렵게도 지금 먹여졌다,

멀리

우리의 바깥으로 그리고 이미 —어째서?—

따로따로 들어올려진 채,

그다음 (세번째

침전물 속?) 각적

뒤로 붙었다,

서 있는

눈물토막 앞으로

한 번, 두 번, 세 번.

짝을 이루지 않은,

봉오리가 열리면서-쪼개진,

깃발 같은

페에서.

세석細石을 가득 쥔
선물하면서–맡겨버린
손들.

대화, 빙글빙글 돌아가는
첨두에서 첨두로,
불똥 튀기는 타오름의 공기에
조금 그슬렸다.

표식 하나가
그걸 함께 빚어낸다
궁리하는 바위예술에 대한
답을 위하여.

밤 속으로 갔다, 거드는 이처럼,

별이–

스며드는 종잇장

입 대신:

낭비할 것이

디소 야생인 채로 아직 남아 있다,

나무에.

우리는 누웠다

이미 마키* 깊숙한 곳에, 네가
드디어 이쪽으로 기어올 때.
하지만 우리는 네게로
어두워질 수 없었다:
빛의 압박이
장악하고 있었다.

● 지중해 연안의 늘 푸른 관목지대.

지뢰밭, 네 왼편
달들 위에 있는, 토성이여.

저 바깥의 궤도는
토기파편으로 밀봉되었다.

지금이 공정한
탄생을 위한
순간이어야 하리.

누가 네게로 그리 힘들게 왔나?

휴한지에서 온

종달새 형상의 돌.

소리 없이, 다만 죽음의 빛이

그의 옆에서 함께 나른다.

높이는

소용돌이

치네, 저보다

더 맹렬하게.

반사광을 싣고, 산

속의,

하늘딱정벌레에게.

네가 나에게 빚으로 남겼던,

죽음,

그것을 나는

날라준다.

허가가 떨어진 또한 이러한
출발.

앞바퀴의 노래 코로나와
함께.

새벽의 방향타가 말을 건다,
네 깨어서—
갈라진 정맥은
매듭을 푼다,

아직 너인 무언가가, 비스듬히 눕는다,
너는
높이를 얻는다.

활주로표시등—

수집가, 밤을 향하여,

짊어진 짐 가득히,

손가락 끝에는 방향지시전파가,

그를 위하여, 이륙—

하는

밀 황소를 위하여.

활주로표시등—

장인.

잃어버린 것으로부터 부어진 자 그대여,
가면이 어울린다.

눈꺼풀-
주름을 따라
제 것인
눈꺼풀주름이 그대 가까이 있다.

흔적 그리고 흔적
회색을 흩뿌린,
결정적으로, 치명적으로.

우리를

뒤섞어놓았던 것,

따로따로 놀란다,

세계의 돌 하나, 태양에서 멀어져,

웅얼거린다.

II

언젠가, 죽음이 몰려왔다,

너는 내 안에 숨었다.

손도끼떼

우리 위에,

대화들
쇠두겁도끼와 함께 저지대에서—

섬의 평야 그대어,
평야와 함께 그대를
안개로 덧칠한
희망이여.

미리 알았다 피를 흘린다

두 번이나 커튼 뒤에서,

함께 알았다

방울졌다

브랑쿠시* 옆에서, 둘이서

만일 이 돌들 가운데 하나가

누설한다면,

무엇이 그를 숨기는지:

여기에, 가까이에,

이러한 늙은이의 절룩이는 지팡이를 짚고,

상처로, 열리리라,

네가 그 안으로 자맥질했어야 할 상처로,

외롭게,

이미 함께–

다듬어진, 하얀 내 비명에서 멀리.

* 콩스탕탱 브랑쿠시. 프랑스에서 활동한 루마니아 조각가.

내가 나를 네 안에서 잊어버린 곳에서,
너는 생각이 되었다,

무언가
우리 둘을 가로지르는 소리를 낸다:
세계의 처음
그리고 마지막
날개들,

내게서 가죽이
자라난다
뇌우로 생긴
입 위로,

너는
오지 않는다
너
에게로.

오래전부터 올랐던 진흙 나르는 거룻배.

떨어져-

나간

단추 하나가

각각의 애기미나리아재비를 신경쓴다,

시각, 두꺼비,

그들의 세상을 온통 뒤바꾼다.

내가 수레의 흔적을 먹어치웠더라면,

나도 함께했을 텐데.

토트나우베르크●

아르니카. 좁쌀풀,
별 모양 주사위가 위에 달린
우물에서 한 모금,

오두막집
안에서,

책에
—누구의 이름이 들어 있나
내 이름 앞에?—,
이 책에
써넣은 희망에 대한
한 줄, 오늘,●●

● 하이데거의 산장이 있는 남슈바르츠발트의 마을. 1967년 7월 24일 프라
이부르크대학의 초청으로 낭독회를 연 첼란은 하이데거의 초대를 받아 그 다
음날 그의 산장을 찾는다. 유대인 시인과 나치에 협조한 철학자, 이 둘의 '세기
의 만남'을 두고 첼란 연구자들 사이에서는 의견이 분분하다.
●● 첼란은 하이데거의 산장 방명록에 이렇게 적었다. "산장의 책에, 우물의
별에 눈길을 주며, 심장 속에 오고 있는 말을 위한 희망과 함께."

어느 생각하는 자의
심장 속에
오고 있는
말,

숲의 초지, 울퉁불퉁하고,
오르키스 그리고 오르키스, 하나씩,

날것인, 나중에, 타고 달리면서,
명확하게,

우리를 싣고 가는 자,
그것에 함께 귀기울이는 사람,

반쯤-
걸었던 고늪지대의 몽둥이-
길들,

축축한 것,
많이.

나를 가라앉혀버려라

팔오금에서부터,

맥박 하나를

가지고 가버려라,

너를 숨겨라 그 안에,

바깥에.

지금, 기도석이 타올라서,

나는 책을 먹는다

모든 표장表章도

함께.

아시아에 있는 어느 형제에게

스스로 빛나는
포탄들이
하늘을 향하여 날아간나,

열 개의
폭탄이 하품한다,

속사速射는 피어난다,
평화처럼 그렇게 확실하게,

한 움큼의 쌀
네 친구로 죽어버린다.

부딪혔다, 광기보행중에

누군가, 읽고 있었던 자에게:

부스럼 그리고 딱지. 딱지 그리고 부스럼.

잠의 두 다리를 빌린 자세로 가리, 오 한 번이라도.

네가 내 안에서 소멸하는 것처럼:

마지막

다 해진

숨의 매듭에도

너는 꽂는다

파편 하나를

삶을.

HIGHGATE*

한 천사가 방을 거니네—:
그대, 펴보지 않은 책에 가까운,
나에게
다시 말을 건네온다.

두 번 히스가 식량을 발견한다.
두 번 하얗게 질린다.

● 런던의 공동묘지 구역. 이곳에 마르크스가 묻혀 있다.

번개에 놀란, 변화하지 않은, 거의

곤두서지 않은:

제리코*의

말,

이미

네 바늘눈길들에 치유되었다

넘치고도 넘치게.

아직 여기 이

뇌우 속에서

너는 말을 타고 달려간다.

디딤돌, 아직 네 발에서 멀고,

내 수염으로 이루어진

붉은

다발 중 하나로 신호를 보낸다.

● 장 루이 앙드레 테오도르 제리코. 낭만파의 거장으로 불리는 프랑스 화가. 이 시는 첼란이 1967년 런던을 여행할 때 내셔널갤러리에 있는 제리코의 〈뇌우 속의 말〉을 보고 영감을 얻어 쓴 것이다.

III

투원반, 별이 총총 박힌

앞얼굴로,

너를 던져라

너를 넘어 바깥으로.

두드려서 떼내라, 그
빛의 쐐기를:

헤엄치는 말을
어스름이 가진다.

달아난

회색앵무새들이

네 입속에서

미사를 읽는다.

너는 비가 오는 것을 듣는다

그리고 생각한다, 이번에도

신일 거라고.

어두운 맥박 속에서 나는 들어서 안다:

너는 나를 향하여 사는구나, 그럼에도,

수직흡수관 속에,

수직흡수관

속에.

흩뿌려진 재산, 먼지에—
직접적으로.

생각을 빼앗긴
전언들이
저녁마다 선회하며 착륙한다,
왕처럼 단호하게, 밤처럼 단호하게,
비탄—
관리자들의 손안으로:

그들의 생명—
줄의
꺾인 금에서
소리 없이 답이 나온다:
어떤 영원한
금
한 방울.

무엇도 쓰여 있지 않은

종이에서

읽어낸 편지,

죽은 척하기−반사의

잿빛 도는 은빛 사슬이 그 위에,

은빛의 삼박자에

쫓기며.

너는 알지: 도약이

언제나, 너를 넘어가는 것을.

오려라 기도하는 손

공기

로부터

눈眼-

가위로,

잘라라 그 손가락을

네 입맞춤으로:

주름진 것이 지금

아슬아슬하게 생겨난다.

별들을 필요로 한 무언가가,

마음을 털어놓는다,

네 손의 잎처럼 초록빛인 그늘은

그걸 모은다,

기쁘게 나는

동전처럼 단단한

운명을 깨문다.

나는 너를 아직 볼 수 있네: 메아리,

느낌–

말들로 만질 수 있는, 이별–

산마루에.

네 얼굴은 조용히 피한다,

내 안에서

갑자기 램프처럼

환해질 때, 그 자리,

가장 고통스러운 '결코아님'을 말하는 곳에서.

요란하다

외동아이들은

목 안에

희미한, 습지 같은 어머니냄새를 지니고,

나무들에게로—검은-

오리나무에게로—선택된,

향기 없이.

공허 속에서,

창자가 산山 –

꽃들과 함께

기어오르는,

나는 돌들에 나를 던졌다,

돌들은 나를 잡아챘다

그리고 둥긂으로 관을 씌웠다

그 둥긂으로, 나는 내가 되었지.

제물의 진흙 같은 유출,

달팽이들이 둘러싸고 기어갔다:

세계의 그림은,

하늘로 실려갔다

나무딸기 이파리 하나 위로.

야생의 심장, 길들여졌다
반쯤 눈먼 자상에 의해

폐 속으로,

격렬히 호흡된 것들이 솟아나온다,

천천히, 피에 씻겨나가며
모양을 갖춘다
드물게 약속된
정당한
부차적인—
인생은.

IV

영원들이 달렸다
그의 얼굴 속으로 그리고 그걸
넘어서,

천천히 껐다 붙은
모든 촛불 켠 것을,

여기에서 나오지 않은, 어떤 초록,
고아들이
묻고 다시
묻었던 돌의 턱을,
솜털수염으로 덮었다.

심장소리-이음고리, 울타리를 둘렀다,

두루미 한 쌍이
너에 앞서 생각한다,

비非스펙트럼적으로
빛이 네 꽃에게 저를 맡긴다,

별–
위에 있는
네 끊임없음은
사마귀의 포획다리와 마주친다.

나란히

피곤해졌다,

아슬아슬하게,

성숙하게,

공기가

삽질하며 메운다, 그리고

물도,

카드로 점을 치는 여인은 박살나

달라붙는다 심장-에이스

뒤에.

더해진-때림의 밤은

먼 곳에서 다치지-

않고

포로로 잡힌

아들의

부분이다.

목소리 하나, 정가운데에서,

얼굴 하나를 새소리로 불러낸다.

추위로 떠를 매단 딱정벌레 뒤에서
달리는
빛의 행운이 난사한다,

기댈 곳 없는
복부낮짝은, 친구여,
너를 잠
재운다.

아일랜드 여인, 이별로 얼룩진 이가,
네 손을 읽었다,
빨리보다
더 빠르게.

그녀의 눈길의 푸름은 그녀를 두루 자라게 했다,
상실과 얼음이
하나가 되어:

그대,
눈眼의 손가락 같은
먼 곳이여.

나에게 남겨진

들보로 교차된

하나:

그 하나에 대해 나는 궁리해야 한다,

네가, 아마천 옷을 입고,

비밀의 양말을 짜는 동안.

배척당한, 하는 수 없이–
친절한,
실패 모양 다리의
여신:

네가 열리는 곳, 무릎 꿇은 자세로,
익숙한 단도 하나가
제 축을 돈다,
역逆피–
상징 속에서.

제작소-
홀:

눈멀기 효과, 어스름 속에서,

—네 위에서, 생각하렴,
치유하는 손은 번쩍-
거리던 빛 아래서 쉬었다—

방어하는 말
과중압력헬멧에 있는,
신선한 공기기계인
문장 안의 어떤 신호.

영혼의 용접, 짧은 빛.

상자들 속에서:
운 같은, 아름다운
금속외장의
호흡.

거품방 안에서 깨어난다
숨을 빼앗긴 것이, 그
위험한 배아가,

그의 분화구–
끝에서
제삼의 눈이 튀어오른다
그리고 토한다
반암(盤岩)을, 또한
아픔을.

자석질의 푸름 입속,

너는 극과 극마다 헐떡인다,

여름이 된 눈들이

그 위로 쓰러진다,

비틀거리는 찌르레기가 금세 떠 있다

두 겹 노래떼 속에.

유수지로 흘러드는 물이

네 해초를 모아 빗질한다,

해초를

네 주위에 놓아둔다.

아직 네가 가진 것은,

제한적으로 무성해진다.

흰 이마파편 하나가

너를 위해 경계를 넘어간다.

사마귀는, 다시,

네가 그 안으로 미끄러져들어간

말의 목덜미 속에—,

용기의 안쪽으로

의미가,

의미의 안쪽으로

용기가 방랑한다.

절반의 나무는 더이상 **없다**, 여기,

꼭대기비탈들에는,

함께–

말하는 백리향도

더이상 없이.

경계의 눈雪과 그것의

말뚝들 그리고 그것들의

지표–그림자들에서

비밀을 캐내는, 죽었다고–

잘못 알리는

향기.

말들 사이에 있는 **물갈퀴들**,

그들의 시간의 뜰—
웅덩이,

빛의 우듬지 뒤
회색산마루 같은 것
뜻.

말 걸기

좋았다 한쪽−

날개로 날고 있는 지빠귀는,

방화벽 넘어, 파리

뒤로, 그 위에서,

시

속에.

V

오라니엔 거리* 1

내 손안에서 주석이 자란다,

나는 어쩔 줄을

몰랐다:

본뜨기를 나는 좋아하지 않아,

나를 읽는 걸 주석이 좋아하지 않아—

만일 지금

오시에츠키**의 마지막 물대접이

있다면,

나는 주석에게

대접을 배우게 하리,

그리고 순례자-

지팡이의 무리는

침묵하리, 시간을 견뎌내리.

* 독일 베를린에 있는 거리.
** 카를 폰 오시에츠키. 나치에 대항해 싸우다가 비밀경찰의 고문 후유증으로 사망한 평화운동가. 죽기 직전 쇠약했던 그는 찻잔을 들 힘도 없었다고 한다.

우물-
모양으로
홀림 속으로 파내려갔다,
두 겹의 귀마루지붕 같은
백일몽들이 그 위로,

마름돌-
주위에
모든 숨결을 에워싸고:

내가 너를 내버려두었던 방, 웅크린 채,
너를 간직하기 위해,

심장이 명령한다
우리를 조용히 짜서 두르고 있는 오한을
헤어졌던
전방에 가도록,

너는 유골단지 들판 위의
꽃이 아니리
그리고 둥근 나무-진흙-오두막에서 나온
어떤 광석도, 어떤 천사도

나를, 글을 짊어진 자를

데려오지 않으리.

궤도 위의 **꿈의 동력과 함께**,
연기를–
내며 타면서,

하나 대신 둘인 가면,
움푹 파인 눈들 속으로
행성의 먼지,

밤에 눈멀고, 낮에 눈멀고,
세계에 눈멀어,

네 안의 양귀비꼬투리는
어딘가로 하강한다,
함께 있는 별에 대해
침묵한다,

헤엄치는 애도의 영토가
그늘 하나를 더 기록한다,

모든 것이 너를 돕는다,

심장의 돌은 제 부채를 꿰찌른다,

어떤

냉정함도 없이,

모든 것이 너를 돕는다,

너는 항해한다, 꺼져간다, 타들어간다,

눈眼의 무리가 좁은 곳을 지나간다,
핏덩어리는 궤도 위에서 길을 바꾼다,
땅의 무리가 네게 말을 한다,

우주 속의 날씨는
수확을 거둔다.

종달새의 그늘을 위하여

숨겨진 것은 흉한했다,

단단해지지-
않게,
들였다 경험 많은
고요를, 경작지, 섬처럼,
불속에,

충족된
희망을 향하여,
모든 갈린
운명을 향하여:

참회하지 않고 찬송된
이끼의 제물, 네가

나를 찾는 곳에서, 맹목적으로.

절단된 비둘기의 보초선,

폭파된

꽃들의 폭력,

혐의가 있는

습득물 영혼.

창백한 소리 같은, 깊은 곳에서

학대받은:

말없이, 물건 없이,

그리고 둘은 하나의 이름,

추락에 맞게 네 안에서,

비행에 맞게 네 안에서,

한 세계의

경이로운 이득.

울림 없는 누이의 집,

들여보내라,

질문을 끝낸 난쟁이음성을:

난쟁이음성들은 큰 심장을 중얼거린다

그리고 짊어진다

궁지마다, 궁지마다.

날씨에 민감한 손,

그 손에 습지의 웅덩이가 길을 알려준다,

밤에, 늪지숲을 통해서.

발광發光.

지금 이탄지대오르간의 페달을 밟는 누군가, 한-

다리로, 그는

강력한 광선을 얻는다

손실.

시간의 구석에서

너울을 벗은 오리나무는 **맹세한다**

조용히 하염없이,

손 한 뼘 정도 폭의, 산등성이에서,

사격당한 폐는

쪼그린다,

논밭의 경계에서

날개의 시간은 제 돌눈眼에서 나온

눈═알갱이를 쫀다,

빛의 끈들이 나를 감염시킨다,

관冠의 상처들이 가물거린다.

나를 또한, 너처럼 태어난 사람을, 어떤 손도 붙잡지 않는다,

그리고 어떤 손도 행운을 내 시간 속으로 던지지 않는다, 네
시간 속으로도 마찬가지,

너, 나처럼 수소의 피 속에 자맥질한 너에게,

하지만 숫자들은 우리 배꼽으로부터

이 세계 속으로 갑자기 던져진,

눈물에 빛을 비출 준비가 되어 있다.

하지만 커다란 음절문자 속으로 들어간다,

우리에게 가까이 왔던 무엇, 하나씩,

그리고 아몬드 모양의 고환은

뇌우를 친다

그리고 피어난다.

거슬러 말해진

이름들, 모두,

가장 바깥에 있는 이름,

서리의 거울 앞에서

왕을 향해 껄껄거렸다,

에워싸였다, 둘러싸였다

다태아의 탄생에 의해,

너를 따로 떨어뜨려놓은 자가

함께 헤아린,

그를 가로질러 온 성가퀴의 갈라진 틈.

점차 어릿광대의 얼굴처럼,

아무것도 비추지 않았다,

화장은 진실을 푸르게 얼렸다
각진 입 속에서,

창백한 초ᵏ두개골 위 혹한의 꽃가루 고운 입자,
성긴 질문의 곱슬머리 둘레에서의 검음,

눈썹들, 눈썹들: 자라면서,
두 거대한 빗살 더듬이, 둘은,
―너, 커다랗게 머리를 빗은,
커다랗게 느껴진 거친 밤이여 언제나언제나―,
이미 휘어져버린 눈송이 세계로부터,
이리도 아니게, 저리도 아니게.

차단통의 언어, 차단통의 노래.
증기롤러가 쿵쿵거리며 두드린다
두번째의
일리아스를
갈라진
포장도로 속으로,

모래로 가장자리를 두르고
오래된 그림들은
숙고한다, 하수구 안에서,

번들거리게 피 흘린다 전사들은
은빛웅덩이 속, 도로–
가장자리에서, 퉁퉁거리는 소리를 내며,

트로이, 먼지로 장식되어,
들여다본다.

홍수 아래로

날아간다, 위로

올린 검은

제물의 돌을 지나서,

착륙장치 격납실

안에서

끝없이 접지된 우울은,

동경의 내려뜨린 장식 속

블랙박스를 취하게 했다,

미래의 습득물들, 은빛으로,

두개골의

조종실 안에서,

조망의 터널,

언어안개 속에서 부풀어올랐다,

모든 전신줄에는

자동발화꽃들,

커다란, 출발하지 않은

바퀴테 원 속 너의

바퀴통 입은 그늘을,

토성.

VI

광기로 걷는 자-눈眼: 나머지 눈길들은

그대들 안으로 흘러든다.

단 하나의

만조가

부풀어오른다.

곧 그대들은 그들이

앉았던,

바위를 몹시도 빛나게

한다, 스스로에게

대항해서.

버거운 아침

나는 나를 네 속으로 깨문다, 나는 너에게 나를 침묵한다,

우리는 소리를 낸다,
혼자서,

두텁게 칠해져
영원의 울림들이 뚝뚝 떨어진다,
오늘의
어제에 의해
낑낑거리며,

우리는 달린다,

커다랗게
우리를 마지막
음향의 잔이 받아들인다:

가속된 심장의 걸음을
바깥
공간 속에
그 옆, 지축—

곁에.

메모지-고통,

눈雪으로 덮였다, 아주 덮였다:

달력의 틈 속에서

그를 흔들어준다, 흔들어준다

새로 태어난

무無가.

황토를 뿌려라 내 눈에:

너는 더이상

그 안에 살지 않는다,

아껴라

무덤에–

함께 묻힌 것들을, 아껴라,

사열하라 돌의 줄을,

손들 위에,

그들의 꿈으로

문지르라

화폐로 주조된

측두골비늘뼈를,

커다란

분기점

옆에서 이야기–

하라 너에 대해서 황토에게

세 번, 아홉 번.

백조의 위험,

악령새-*

위협,

크라켄-**

팔을 가진

얼음속눈썹을 단 자,

그대, 발톱이 달린

야쿠트족–

푸시킨:

헤이, 체벨다이,*** 체벨다이.

* 물갈퀴가 있어 헤엄과 잠수를 잘하는 물새의 일종이지만, 더 높은 존재의
사신, 샤먼의 조력자로 설명되기도 한다.
** 북극 바다에 출몰하는 것으로 알려진 전설의 괴물.
*** 몸이 얼음으로 이루어진 시베리아 신화 속 괴물.

374

윤세기들, 윤-

초들, 윤-

탄생들, 11월이 되어, 윤-

죽음,

벌집함지 속에 저장된,

bits

on chips,

베를린에서 온 메노라*시詩,

(망명하지 않고, 문서실에-

두지 않고, 배려-

없이? 살

아서?)

늦음단어 속 독서정거장들,

하늘에는

저금된 불꽃의 점들이,

• 일곱 팔을 가진 촛대.

사격당하고 있는 능선들,

느낌들, 혹한–
물렛가락에 감기며,

차가운 시작—
헤모글로빈과 함께.

샘의 점들, 밤에,

원거리 위에,

신들을 기대하며,

네 지맥, 뇌의 산,

심장-그대 속,

그들에 의해

두루 거품을 낸다.

예선曳船**시간,**
반쯤 변신한 이들이 끈다
세계들 중의 하나로,

높여진 자는, 친밀해져서,
말한다 물가의 이마들 아래에서:

죽음에서 자유로이, 신에게서도
자유로이.

그대 있으라 그대처럼, 언제나.

stant vp Jherosalem inde

erheyff dich

너에게로 끈을 잘게 토막낸 자 또한,

inde wirt

erluchtet

새로 묶었다, 기억 속에서,

진흙조각을 나는 삼켰네, 탑 속에서,

언어, 어둠-벽주壁柱,

kumi

ori.゜

● 2연과 4연은 각각 '일어나라 예루살렘아 그리고 우뚝 솟아라' '그리고 비추어라'의 의미인 중고지 독일어이며, 마지막 연은 히브리어 'kumi ori'(일어나라 비추어라)로 시작되는 이사야서 60장 1절에서 발췌한 것이다. 마이스터 에크하르트로 알려진 유대인 신학자이자 철학자의 판본이다.

앞서서 행하지 마라,

내보내지 마라,

안으로

서라:

무無에 의해 기초가 세워졌다,

오로지 모든

기도,

섬세하게, 규-정에

따라,

추월할 수 없이,

나는 너를 받아들이리,

모든 휴식

대신.

눈의
부분

I

씻지 않은, 색칠하지 않은,

저편의–

카우에* 안에서:

그곳,

우리가 있는 곳,

흙이 묻은 곳, 언제나.

어느

지각한

운반기가 돌아간다

우리, 구름으로 덮인 것을 지나서,

위로, 아래로,

반란을 선동하는 것처럼

그 속에서는 피리소리가 난다, 팔꿈치 끝–

뼈와 함께,

무지갯빛 둥긂 속

● 산업 이전 시대의 수갱을 이용해 채굴하던 광산 위에 지어진 건물. 지금은 광부들이 옷을 갈아입거나 씻고 휴식할 수 있도록 지상에 지어진 공간을 의미한다.

비행그늘은
우리를 아물게 한다, 일곱-
공중에서,

빙하기처럼 가깝게
백조인형 한 쌍이 조종한다
떠다니는
돌-우상을 지나서.

너는 누워 있다 커다란 귀기울임 속에,

수풀에 둘러싸인 채, 눈송이에 둘러싸인 채.

가렴 당신 슈프레강*으로, 가렴 하펠강으로,

가렴 푸주한의 갈고리**로,

스웨덴에서 온

붉은 사과 크리스마스 화환으로—

탁자가 선물과 함께 온다,

탁자는 어느 에덴 쪽으로 구부러진다—

남자는 체가 되었다, 여자는

헤엄을 쳐야 했다, 암퇘지처럼,

자신을 위해, 누구도 위하지 않으면서, 누구나를 위해—

란트베어운하***는 살랑거리지 않을 것이다,

아무것도

---

* 독일 베를린을 흐르는 강. 하펠강의 지류다.

** 1944년 실패로 끝난 히틀러 암살에 가담했던 '붉은 관현악단' 회원들의
처형도구로 악명을 떨쳤다.

*** 베를린에 있는 독일연방 수로 중 하나. 이 수로에 로자 룩셈부르크와
카를 리프크네히트의 시신이 던져졌다.

멋지 않을 것이다.

보랏빛 공기 누런 창문 얼룩과 함께,

안할터 폐허* 위의
야곱의 지팡이,**

코켈강***의 시간, 아직 아무것도
합류하는 것 없음,

선술집
에서부터 눈₃술집
으로.

* 베를린에서 가장 오래된 기차역으로. 2차세계대전 당시 폭격으로 폐허가
되었다. 첼란은 1938년과 1967년 두 차례 이곳을 찾았다.
** '오리온의 허리띠'를 이루며 일렬로 늘어선 세 별.
*** 루마니아의 트란실바니아를 흐르는 강인 타르나바강의 독일식 이름.

우물을 파는 사람 바람 속에:

어떤 이는 비올라를 켤 것이다, 하루의 아래쪽으로, 단지 안에서,

어떤 이는 넉넉함이라는 말 속에서 물구나무를 설 것이다,

어떤 이는 엉치뼈처럼 매달릴 것이다 문에, 바람 불 때.

금년은

저 너머로 살랑거리지 않는다,

12월을 뒤로 넘어뜨린다, 11월을,

제 상처를 다시 판다,

네게 열린다, 젊은

무덤 파는 일꾼―

우물,

열둘의 입.

시작된 해

썩어가는 부스러기와 함께

광기의 빵.

마시렴

내 입으로부터.

이러한 세계의

읽을 수 없음. 모든 것이 두 겹이다.

힘센 시계들은
균열의 시간이 옳다고 시인한다,
목쉰 소리로.

네 가장 깊은 곳에 꽉 끼어 있는, 너,
너에게서 올라온다
영원히.

간음적인 여지. 그리고 영원
피처럼 검게 바벨*로 변했다.

네 진흙의 곱슬머리에
내 믿음은
황폐해졌다.

손에서 먼, 두 손가락,
습지의 서약을
노 저어간다.

* 창세기에 나오는 고대 도시. 노아의 자손들이 하늘에 닿는 돌탑을 세우려
했다.

무엇을 꿰매나

이 목소리에? 무엇에

꿰매나 이

목소리는

이편에, 저편에?

심연은

흰빛을 광적으로 확신하고 있다, 심연에서

올라온

눈물의 바늘을,

그걸 삼켜라,

너는 세계를 정돈한다,

무릎을 꿇고 불렀던

아홉 이름만큼이나,

그것은 중요하다,

언덕무덤, 언덕무덤,

너는

언덕을 만들어라 저쪽으로, 생생하게,

오라

입맞춤 속으로,

물갈퀴의 타격,
언제나,
만▦들을 밝힌다,
너는 간다
닻 앞으로, 네 그림자는
수풀 속에서 너를 벗는다,

탄생,
혈통,

딱정벌레 한 마리가 너를 알아본다,
그대들은 그대들의
면전에 서 있다,
애벌레들은
그대들을 자아넣는다,

커다란
공이
그대들에게 통과를 허락한다,

곧

이파리는 제 맥관을 네 혈관에 묶는다,

불꽃들은

통과해 가야 하리,

호흡이 곤란할 동안,

너에게 나무 한 그루가 허락되었다, 하루 동안,

나무는 숫자를 해독한다,

단어 하나, 모든 제 초록과 함께,

제 안으로 간다, 그 안에 저를 심는다,

나무를 따르라

나는 듣는다, 그 도끼가 꽃을 피웠던 걸,
나는 듣는다, 그 장소는 이름 붙일 수 없다는 걸,

나는 듣는다, 그를 바라보는, 빵이,
교살당한 자를 낫게 한다는 걸,
여자가 그에게 구워준, 그 빵,

나는 듣는다, 그들이 삶을
단 하나의 도피처라고 부르는 걸.

박쥐의 목소리로

너는 위쪽으로 지저귄다,

하나의 날카로운
집게,
너는 내 셔츠를 뚫고 살갗을 깨문다,

수건 한 장을,
너는 내게 입 위로 미끄러지게 한다,
너를 그늘로 무겁게 했던
내 이야기
도중에.

도마뱀—

피부의, 간질—

환자,

나는 너를 재운다, 고랭이풀 위에,

박공—

구멍들은

우리를 메운다, 빛의 거름으로.

눈의 부분, 버티며, 마지막까지,
상승기류 속, 영원히
창문들을 떼어낸
오두막들 앞에:

얕은 꿈들은 물수제비를 뜬다
홈이 파인
얼음 위로;

말그림자들이
길을 낸다, 팔을 뻗어 재본다
웅덩이
가장자리를 빙 둘러서.

II

흉내내며 말을 더듬거리는 이 세계에,

나는 손님

이었으리, 이름 하나,

상처 하나가 높이 핥고 있는 벽에서,

땀을 뚝뚝 떨어뜨렸다.

너 칠흑의 갈라진 나뭇가지와 함께,

너 돌과 함께:

저녁 너머의 시간이다,

나는 비춘다 직접 내 뒤를.

나를 아래로 데려가라,

우리를

진지하게 여기라.

1월이 왔다

가시가 박힌

암굴에. (취하도록 마셔라

그리고 암굴을

파리라고 불러라.)

어깨는 혹한으로 봉인되었다:

조용한

폐허의 올빼미가 그 위에;

발가락 사이의 철자들;

확신.

대충 해치우라, 고통이여,

그녀를 모욕하지 마라,

네 모래종양을

하얀 그 곁에

끼워넣어라.

낱개로 보내온 화물을 구웠다,

동전 크기로, 여분의

빛으로;

절망은 삽질한다,

뿌려지는 화물을;

궤도에 올라왔네 가득찬

그림자바퀴 – 덮개 없는 짐수레는.

선체와 직각으로

들어오라, 밤일 때,

비상돛이

부풀어오른다,

선상에

고이 간직된 것은

너의 비명,

너는 그곳에 있었다, 너는 아래에 있다,

하부에 네가 있다,

나는 간다, 나는 손가락을 가지고 간다

나에게서,

너를 보기 위해,

손가락으로, 그대 아래에 있는 이여,

팔의 그루터기들은 무성하게 자라난다,

신호불은 생각한다

별–

하나인 하늘을 위해서,

수하_{垂下}용골과 함께
나는 너를 줍는다.

장작 같은 얼굴에,

게으른 입의

바보는 제자리 자전거 위:

눈眼은 네

귓불 옆에 매달려 있다

그리고 껑충껑충 뛴다

초록빛이 되어.

라르고*

그대 동지여, 이방인의 보행으로 가까움:

죽음–

보다–

크게 누워 있다

우리는 나란히, 시간을–

초월한 것이 우글거린다

네 숨쉬는 눈꺼풀 아래에,

지빠귀 한 쌍이 매달려 있다

우리 옆에, 아래에

우리가 저 위에서 함께–

끄는 하얀

암–

---

* 매우 느리게 연주하라는 악보상의 지시어이자, 규모가 작은 광장에 붙이는 이탈리아 도로명이다.

전이轉移 아래에.

밤의 질서를 위하여 저편으로-
말을 달린 자, 저편으로-
얼음을 지친 자, 저편으로-
뇌우를 친 자,

노래하지-
않은 자, 제압되지-
않은 자, 휘감기지-
않은 자, 방황의
천막 앞에 심긴 자

영혼을 수염으로 단 자, 우박의-
눈眼을 가진 자 하얀 자갈돌의-
말더듬이여.

막다른 골목들과 함께 말한다

맞은편에 대해서,

그의

국적을 빼앗긴

뜻에 대해서—:

이러한

빵을 씹는다, 글 쓰는

이빨로.

밤과 같은 무언가, 더
독설적인, 어제
보다, 오늘보다;

물고기 주둥이의 인사와
같은 무언가
곤궁의-
탁자 위에;

함께 나부낀 것
아이들의 주먹 속에;

나에게서 나온
그리고 아무 질료도 아닌 무언가.

III

왜 이렇게 급작스레 집에만 박혀 있는가, 가운데서 바깥으로, 가운데서 안으로?

나는 네 안으로, 보라, 가라앉을 수 있다, 빙하처럼,

너도 네 형제들을 때려죽인다:

그들보다 먼저

내가 네 곁에 있다, 눈 내린 이여.

네 꾸밈말들을 집어던져라

나머지에게로:

한 사람이 알려고 한다,

왜 내가 신 앞에서

네 곁에서와 다르지 않았는지,

한 사람이

그 안에서 익사하려고 한다,

폐 대신 책 두 권,

한 사람이, 너를 찌른 이가,

상처를 인공호흡했다,

한 사람이, 네게 가장 가까운 이가,

스스로를 잃어버린다,

한 사람이 네 성性을 장식한다

너의 배반과 그의 배반으로,

어쩌면

나는 그 모두였다

퍼내지지 않은 것으로부터,

너를 기다렸는데, 결국에는, **왜** 다시

그 너머에 서 있는가? 왜,

초^秒들을 믿는 자여, 이러한

광기의 대가인가?

금속의 성장, 영혼의 성장, 무^無의 성장.

메르쿠리우스를 그리스도로,

지혜의 작은 돌은, 강 위쪽으로,

징후는 무익하게—

점쳤다,

숯이 되었다, 썩었다, 묽어졌다,

계시되지 않은, 어떤

기적은.

메피스베리 로드*

너에게 손을 흔들었던

고요 어느 흑인의

걸음 뒤에서.

다른 곳에서 뜻을 찾았던―

혹은 어느 곳에서도 찾지 않았던,

그

붉음 앞,

고요를 곁에 두었던

목련의 시간이었던 절반의 시계.

가득찬

시간의 뜰**은

● 런던의 길. 첼란은 1968년 런던을 방문했다. 한 편지에서 그는 앞서 벌어
진 마틴 루터 킹 목사 살해, 루디 두치케 암살 사건에 대한 괴로움을 토로했다.
●● 독일 철학자이자 현상학의 창시자인 에드문트 후설이 사용했던 시
간 개념에 대한 철학 용어. 첼란은 이 용어를 후설의 『내적인 시간의식의
현상학을 위한 강의들(Vorlesungen zur phänomenologie des inneren
Zeitbewusstseins)』에서 끄집어내었다. 후설에 따르면 우리의 시간에 대

몸에 남아 있는 총탄에 둘러싸여, 그 옆에서, 뇌처럼.

날카롭게 하늘로 갔던 뜰의
함께 있던 공기 몇 모금.

너를 미루지 마라, 그대여.

한 의식은 과거를 향한 정체성 혹은 보유성(Retention)과 미래를 향한 기대
(Protention)가 하나로 섞여 현시점의 시간적인 확장(zeitliche Extension)으
로 나아가는데, 이를 "시간의 뜰(Zeithof)"이라고 한다.

넘쳐나는 부름: 네

동반자, 부를 수 있는,

밀쳐낸 책의 가장자리 옆:

오라 독서의 깜빡거리는 빛과 함께,

그것은

바리케이드다.

바깥으로 어두워졌다, 다시 한번,

네 연설이 온다

너도밤나무의

이미 그늘이 진 잎-눈嫩에게로.

그대들은 아무것도

할 수 없다,

너는 낯섦을 봉토封土로 지닌다.

끝없이

나는 듣는다 네 안에 서 있는 돌을.

너와 함께 타래를 조작하기, 누더기수레는
온다 이리로–
재즈를 연주하며, 우리와 함께
그곳으로 가려 한다,

막힌
트럼펫은
우리에게 잠시 동안 입김을 불어넣는다,
이 세계의
가장 단단한 귓속으로,

또한 그렇게
우리를 단단히 쥔다 붉은–
목질木質이
위함과 상처 줌 사이에서,

그다음,
우리를 고리에서 벗겨준다면
너는 가라앉는다 내 존재의
한가운데로.

룬문자*의 남자도 차선을 바꾼다:

전투경찰

한가운데에서

그는 긁어낸다

공격하는 자—공격당한 자를 붉게,

당근, 누이여,

네 껍질들과 함께

그의

아침에서 나온

습지 같은 곳에 나를 심어라.

높은 광주리들

속, 불려나온 부싯깃 옆,

음경 같은

뇌이식물腦移植物 속으로

위를 향하여—

올라갔다가, 전이된다

영원히 오늘인

기적의 돌은.

- 약 1세기에서 17세기까지 사용된 고대 게르만족의 문자.

너에게, 또한 네
오류로 종을 울린 그늘에게도
나는 기회를 주었다,

그를, 또한 그를
돌로 쳐서 죽인다 나와 함께
계급적으로 그늘이 진 자, 계급적으로—
종을 울린 자— 다윗의
별* 하나,
네가 침묵했던 그 별,

오늘
침묵하라, 네가 어디로 향하길 원하든,

시간이 덜 성스럽게 한 것을 던지면서,
오래전부터, 나 역시, 거리를,
디딘다, 나에게 어떤 심장도 맞이하지 않기 위해,
돌로 쳐죽인–많은 이에게로
바깥으로.

● 정삼각형 두 개가 맞물린 육각 형태인 다윗의 별은 유대교의 오랜 상징으로, 나치 정권에서 유대인들을 구별하는 표식으로 쓰였다.

벽의 격언

일그러졌다—천사는, 다시, 그만두어라—
얼굴 하나가 제정신으로 돌아온다,

기억체와 함께 있는
별–
무기:
주의깊게 무기는 인사한다
그들의
생각에 빠진 사자들에게.

에릭*을 위하여

양심이
빛을 받아 들이받는다
이쪽저쪽에
쫓겨간 방정식을,

이름보다 더 늦게: 더 이르게
시간은 가파르고도
반동적인 균형을 이루었지,

너처럼, 아들아,
너와 함께 휙 움직이는
나의 손.

● 첼란의 아들.

누가 아무것도 갈아엎지 않는가?

그가. 이번에.

경작되지 않은 채

그의 땅은 그의 태양들—

밤들의 뜻 속에 있다.

그가 우리 이름을 부른다.

그래, 그는 소작한다,

그래, 그는 좋다고 한다, 그는 진흙으로 만든다,

네가 제련한 것을

마을 앞에서,

마을 뒤에서,

마을 너머에서, 쪼갰다,

광석에 대항해서,

가장 밑에서,

생생하게.

꽃무들, 고양이에게 성년이 되게 한다.

네 오른편의 이 풀밭이

아내를 맞게 한다.

막대기— 그리고 초승달—무승부.

너는 그래선 안 된다, 그렇게, 너같이, 격자 뒤에서, 당시,

그

몰타 출신의 유대인,˙ 큰—

입술을 가진─그를

뼈가 덤벼들었다, 너를

공격할 때보다 더 매정하게, 그 뼈,

이미 내일이 된 자가 집어던졌던─,

너는

하늘을

올려다봐선 안 된다, 그래서 너는

하늘이 네게 그랬던 것처럼, 하늘을

돌보지 않는다, 곁-

빛처럼.

˙ 16세기 영국 캔터베리 출신의 극작가 크리스토퍼 말로가 쓴 『몰타 출신의
부유한 유대인의 유명한 비극』의 주인공인 바르바스를 가리킨다.

432

. . . .

누이 밤나무여, 가득한 잎이여,

네 빛나는

여기 저쪽.

너는 활짝 펼쳐 재본다

색들의 충돌, 숫자 던지기, 오인,

많은 이가

말한다:

네가 그렇다고, 우리는 안다,

많은 이가 너를 부정한다는 걸,

그들을 하나씩

긍정하는 너,

반항적으로

손으로 말한 이에게 선사된

돌의 용기처럼,

뒤집어진 침묵과

온갖 위험의 가장자리에서

세계를 향해 항의했던 돌의 용기처럼.

에릭을 위하여

속삭임의 봉지 속을
이야기가 파헤친다,

변두리에서는 탱크들이 모충 제거작업을 한다,

우리의 유리잔은
비단으로 가득차 있다,

우리는 서 있다.

네 금발의 그늘, 헤엄치는

말馬재갈이 물려,

물의 안장깔개를 흔든다,

―너 역시

파리에 대한 권리가 있었다면,

너는 네 것을 더 쓰라리게

깨달았을 텐데―,

네 허리부의 흉터, 색 없이

스케치한다 반牛에-

가까운 레바도●를.

● 프랑스어 'lever'에서 나온 말로, 마술(馬術)에서 말이 뒷다리로 윗몸을 꼿
꼿하게 일으키는 것을 뜻한다.

심연이 돌아다닌다: 윙윙거리는 자갈돌——:

너는 자갈돌에 닿는다

귀먹은 느낌들

그리고 불면과 함께,

그리고 올지도 모른다——페로몬들은 유령처럼 헤맨다

깃대를 높이 올리고——,

여기에도 올지 모른다

표장들은 흩날리면서,

너였는지도 모른다, 너를 약탈하며,

명령조로-똑같이

너희 둘로 나뉜 자.

너의 갈기-메아리는

—거기서 나는 돌을 씻어낸다—,

서리로 덮였다,

봉인을 뗀

이마와 함께 평판을-

얻었다

나로부터.

IV

귓속-장치가 꽃 한 송이 피운다,
너는 꽃의 해다, 혀 없는 세상이
너를 비난한다,
모든 여섯번째 사람은
그걸 안다.

반쯤 뜯겨나간 삼각기는
바다의 모든 땅을 집어삼킨다,
땅에 있는 모든 바다를,

어떤 다른 이름은
—너, 너는 소생하라!—
부호 하나를
허용해야 한다,

셀 수 없는 너:
표지가 아닌–
표지를 위하여
너는 그들 모두를
앞서 있다.

이파리 하나, 나무도 없이,
베르톨트 브레히트를 위하여 :

이게 무슨 시대인가,
대화가
거의 범죄가 되는 곳,
그렇게 많이 말해진 것을
함께 봉인했기에?

PLAYTIME: 창문들, 그들마저도,

소용돌이에서 나온

모든 비밀스러운 것을

네게 읽어준다

그리고 비춘다

젤리눈의 저세상을,

하지만

여기에도,

네가 색깔을 잃어버린 곳에서, 한 사람이 이탈한다, 침묵에

서 벗어나,

숫자가 널 바보로 만들려는 곳에서,

숨은 둥글게 뭉친다, 네게로,

강해진

시간이 네 곁에 멈춘다,

너는 말한다,

너는

가장 견줄 만한 전령을

가장 단단한 전령 위에서 이겨낸다,

목소리로

질료로.

허무에서 나와
계단이 존재한다,

귓속으로 방울져내린 것은
태고를 그 안에서 성년이 되게 한다,

피오르들은
심지다,

담담하게 이야기된 것은
꿈꾼다,

너는 그걸 만진다, 낮과–
결탁했던 자여.

열린 성문, 공기의 흐름,

그

모음, 효과적으로,

그 하나의 포르만트와

함께,

자음의 타격, 멀리서

볼 수 있음에

여과되어,

자극보호: 의식,

점령할 수 없는

나 그리고 너도,

진실임을—

넘어섰다

눈眼을—, 기억을

탐하는 구르는

상—

표,

관자놀이천조각은 온전하다,

마치 시력의 뿌리처럼.

늪지대에서 나와

그림없음 속으로 올라감,

헴*은

총신 안의 희망,

표적, 성급함이 성년이 되는 것 같은,

그런 점에서.

마을의 공기, 뤼 투른포르**.

고지의 늪, 시계유리-

모양으로 (누군가 시간이 있다),

그렇게 많은 기사, 끈끈이귀개에 중독되어,

습원의 가장자리에서

나온

사바트* 초는 위를 향하여 서 있다,

진창늪이여, 네가 이탄泥炭이 되면,

나는 올바른 자에게서

시곗바늘을 빼앗는다.

● 유대인의 안식일로 금요일이다.

광석의 반짝거리는 빛, 혼란 속
깊이, 족장들이여.

너는 스스로를 돕는다
이것으로,
마치 이야기를 나누는 듯, 그들,
속씨식물들과 함께
마음을 터놓은
말 한마디를.

석회질자국 트롬본.

잃어버린 것이 발견한다
카르스트 웅덩이 안에서
궁색함을, 명료함을.

모난 돌: 렘브란트,*

빛엄마와 너나하고 지내며,

별에서 떨어져나와

수염의 곱슬거림으로, 관자놀이처럼,

손금이 이마를 가로지른다,

황무지의 표석에, 탁자의

바위 위에서

너에게 은은히 반짝거린다 열여섯번째

시편의 오른쪽

입가를 맴돌며.

전정 칼을 가지고, 기도를
올리며,
모든 중간 돛대의 돛을 엮어서 묶는다,

싸우면서, 서서, 속눈썹
뒤에서, 향유가 부어진
상의를 입고,

무풍상태에서 머무름을 두루 묶는다
네 농담의 지레는, 작은 배
세계.

석회덩이: 즉

여기서 돌이 되지 않는다는 것,

육지달팽이집들만이,

잠잠해지지 않아서,

황무지를 향해 말한다: 너는

백성을 모았구나—:

야생마가 찌른다

맘모스–

뿔을:

페트라르카●는

다시

시야 안에 있다.

● 프란체스코 페트라르카, 이탈리아 토스카나 출신의 시인. 첼란은 작가이자 기자인 일리야 에렌부르크의 회고록을 읽고 만델슈탐이 시베리아 수용소에서 그의 소네트를 낭송한 사실을 알게 되었다. 『누구도 아닌 이의 장미』에 수록된 시 「밖으로 왕관이 씌워진 채」에도 이 이름이 나온다.

V

강철을 함유한 수정 구슬, 별이 총총 박혀 있다,
이렇게 여기에:

소철은, 지금,
카스트루프*에: 바로
다음
원시백년의
금속의 선발대,

하나의
비막飛膜, 입술 같은,
너는
그것을 찌른다,

그림에 중독된 번쩍거리는
에스컬레이터는
너를 비추지 못한다.

* Castrup, 독일 루르 지역의 석탄 채굴 도시 'Castrop(-Rauxel)' 또는 코펜하겐의 항구 'Kastrup'의 오기일 가능성이 있다.

그리고 힘과 고통

그리고 나를 찌르고

움직이게 하고 멈추게 하는 것:

안식-윤-

년들,

가문비나무의 살랑거림, 언젠가,

너의 티푸스, 타냐*여,

이건 그렇게가

아니라 다르게 말할 수 있을 거라는

쓰러뜨리는 확신.

● 첼란의 체르노비츠 시절 친구 타냐 아들러.

함께 일어섰다

소음들에 의해,

너는 요구한다—유리는

적대시한다, 무엇이든

네 것보다 더욱더 뚫고 들어가지 못하는 것을—,

너는 요구한다 모든 것을

그 아우라 속으로,

아주 적은 용기는

스스로를 처절하게 만든다,

조심할 것:

네가 안다는 걸 그것은 안다.

딱정벌레 뒤의 **낙석**.

그때 나는 보았다, 거짓말하지 않는 낙석을,

제 절망 속에 내맡겨져 있다.

마치 네 외로움의 폭풍처럼

멀리서 성큼성큼 걷고 있는 고요가

그에게 성사되었다.

나는 걸음으로 네 배반을 가늠한다,

모든 존재의-

관절에는

발찌를,

부스러기유령이

네 유리 같은

유두에서

빙하처럼 분리된다,

내 돌이 너에게 이르렀네,

스스로 격자에서 빠져나와, 그대여 속으로는

수달을-

실은 자여,

너는 잘못 일어났다

내 가장 가벼운 고통에게로,

너는 보일 것이다,

어느 죽은 이, 온전히 제 옆에서,

바람이 불지 않는 쪽을 바람이 불어오는 쪽으로 옮기네.

형광막대기들, 그들의

대화,

교통섬 위에,

드디어 휴가를 얻은

문장紋章 ─향유와 함께,

뜻들이

갈라진 포장도로에 두 다리를 벌리고 걷는다,

병아리

시간, 꼬, 꼬, 꼬,

문어─신경을 스르르 빠져나온다,

치료를 위해,

흡반의 팔은

ZK*에서 나온

결의의 중얼거림으로 가득한

황마자루를 얻는다,

비료의 홈통을 오르락내리락하면서

* 사회주의정당의 중앙위원회를 뜻하는 'Zentralkomittee'의 약어.

증거가 온다.

독서의 분지分枝, 누군가,

이마의 피부를 돌봐주면서,

빛의 원천, 너에 의해

졸면서 삼켜지고,

지나간다 배고픈

숙주세포조직은,

시력보완기구, 줄진,

달을 달리는

뒤로 뿌려짐–탐침探針. 큰 것 속에: 작은 것 속에.

땅들, 아직도, 땅들.

각막이–

덮인 현무암,

로켓에 입맞추며:

우스꽝스러운

회전–표정, 그리고 하지만:

내지內地–지평선들.

지상의, 지상의.

독서의 분지, 누군가,

이마의 피부를 돌봐주면서 ─마치 네가

시들을 쓰듯 ─,

그는 문안엽서에 부딪히면서,

그때, 핏덩이의

장소 앞에, 폐의 ─

문지방 위에, 해는 가고, 필젠*에서 온,

해를 넘어,

시간처럼 야생적인 그토록 많은

낮은 목소리로 늘린 것으로부터:

Bon vent, bonne mer,**

깜박거리는

뇌의 엽葉,

바다 한 조각,

네가 사는 곳에 게양된다,

그의 수도, 점령할 수

• 체코의 도시 폴젠(Plzeň)의 독일식 표기. 첼란은 1967년 1월 30일 폐를 찔러 자살 기도를 하기 직전과 1968년 벽두에 '라디오 폴젠'의 문학편집장 프란티셰크 파비안에게서 안부엽서를 받았다. 개인적인 친분은 없었다.
•• '좋은 바람, 좋은 바다'라는 뜻의 프랑스어.

없는 도시.

잡아당기렴 꿈을 더미로부터 **너에게**,

네 신발을 그 안에 넣으렴,

라우셸베리*의 눈眼같은 것, 오렴,

끈을 조이렴.

* 보다 오래된 식물학 전문서적에서 늪지 블루베리에 대한 이름으로 소개
된다.

석회-크로커스, 여명

속에: 네

인상착의서만큼 익은

그곳-에서부터-그리고-또한-그곳-으로는,

쪼개질 수 없네,

폭약들은

네게 웃음 짓는다,

종양 현존은

저로부터

나온 눈송이를 돕는다,

보고寶庫 속에

몰다우강이 고인다.

이미 전선은 깔렸다

다행히 네 뒤에

그리고 그의

총포가 장전된

군사기동대의 선 쪽으로,

위성 –

도시들에서,

너를 향해,

그들이 건강병원체를 뿌리는 곳,

선율 같은

항독소들이 알린다

네 양심을 가로지르는

자동차경주자들의 역주力走를.

진실로 가는 **승강구 천창에서**
감지장비들이 기도한다,

벽들은 금세 날아서
협상테이블로 온다,

표장들은 장황하게
피가 터지도록 말한다,

까마귀 한 마리가
반쪽 얼굴 같은
탐지-날개를
반기로 게양한다.

그리고 지금, 전술적인
거대한 자세 옆에, 표절−
낙관이 든
신념−훈장,

말의 끈, 붉게−
안감을 대어서,
입들을 꿰맨다
총바로크적으로
상처를−
침묵하는
이음매에.

곰팡이 낀 빵의 밝음이
부딪힌다,
싸우다 지친
생각들, 아니면 어쩌겠는가,
반항한다.

속사−근일점.

네 먼지알을 달려라,
너희도 함께 달려야 한다,
전단지가 경고한다.

(너, 비非우주적인 이여, 마치 나처럼.)

크뇌델*의 위성, 현명하게,
유령−임시무대 위에서.

• 감자, 고기, 밀가루, 빵 따위를 둥글게 빚어 끓는 물에 익힌 독일의 전통음식.

우리 지극히 깊어진 자, 고독해졌다,

얼어붙은 지층에서.

모든 골짜기지류가 속눈썹을 운반해 온다

눈眼각인에

그리고 제 과일의 씨를

끌어놓는다.

관자놀이파편들 뒤,

불가피하게 신선한

장작포도주 속에.

(네가 온 곳,

포도주는 음울하게 말한다, 남쪽을 향하여),

황금 옆에서 달리아를 무서워하는,

점점 더 경쾌해지는

의자들 위에서.

모든 꿀꺽거리는 폐수를
구조하기
우표-불길한-
예언 속. 서신-
왕래.

납득된
미래공룡의
도취한 슬로모션 합창들이
제 심장을 뜨겁게 한다.

그의
밀쳐냄, 나는 네게서
겨울나기를 한다.

어두워진 파편의 메아리,

뇌전도-

쪽으로,

메아리가 와서 멈추는 굽이,

그 너머의 방파제,

그렇게 많이

창문을 내지 않은 것이 그곳에,

다만 보려무나,

헛된 기원의

더미,

기도의 저장고로부터 온

곤봉의

타격을 벗어나서,

한 번의 그리고 한 번도 아닌 타격을.

영원은 절제하고 있다:

가벼이, 그

강력한 측량–촉수들 속에서,

사려 깊게,

손–

톱으로 설명될 수 있는

혈당–완두콩이 회전한다.

육 필 원 고
파울 첼란 연보

I

Paul Celan

Schneepart

/16.12.1967 — 18.10.1968/

Paris, 22.9.1969

ICH HÖRE, DIE AXT HAT GEBLÜHT,
ich höre, der Ort ist nicht nennbar,

ich höre, das Brot, das ihn ansieht,
heilt den Erhängten,
das Brot, das ihm die Frau buk,

ich höre, sie nennen das Leben
die einzige Zuflucht.

Paris, 20.1.68

SCHNEEPART, gebäumt, bis zuletzt,
im aufwind, vor
den für immer entfensterten
Hütten:

Flachträume schirken
übers
geriffelte Eis;

die Wortschatten
heraushaun, sie klaftern
rings um den Krampen
im Kolk.

Paris, 22.1.68

EINGEJÄNNERT
in der bedornten
Balme. (Betrink dich
und nenn sie
Paris.)

Frostgesiegelt die Schläfen;
stille
Schüttkäuze drauf;
Buchstaben zwischen den Zehen;
Gewißheit.

—

26.1.1968

V

LARGO

gleichsinnige du, heidegängerisch Nahe:

über-
sterbens-
groß liegen
wir beieinander, die Zeit-
lose wimmelt
dir unter den atmenden Lidern,

das amselpaar hängt
neben uns, unter
unsern gemeinsam droben mit-
ziehenden weißen

Meta-
stasen.

—
Paris, 9.2.1968

MAPESBURY ROAD

Die dir zugewinkte
Stille von hinterm
Schritt einer Schwarzen.

Ihr zur Seite
die
magnolienstündige Halbuhr
vor einem Rot,
das auch anderswo Sinn sucht —
oder auch nirgends.

Der volle
Zeithof um
einen Steckschuß, daneben, hirnig.

Die scharfgehimmelten höfigen
Schlücke Mitluft.

Vertag dich nicht, du.

—

London, 14./15. April 1968   —28—

FÜR ERIC

Erleuchtet
rammt ein Gewissen
die hüben und drüben
gepestete Gleichung,

später als früh: früher
hält die Zeit sich die jähe
rebellische Waage,

ganz wie du, Sohn,
meine mit dir pfeilende
Hand.

Paris, Rue Tournefort
31. 5. 68

EIN BLATT, baumlos,
für Bertolt Brecht:

Was sind das für Zeilen,
wo ein Gespräch
beinah ein Verbrechen ist,
weil es soviel Gesagtes
mit einschließt?

—

Frühling, Frankfurt, Kiel

ERZFLITTER, tief im
Aufruhr, Erzväter.

Du behilfst dir
damit,
als sprächen, mit ihnen,
angiospermen
ein offenes
Wort.

Kalkspur Posaune.

Verlorenes findet
in den Karstwannen
Kargheit, Klarheit.

—
Paris, Rue Tournefort
20. Juli 1968

EINKANTER: Rembrandt,
auf du und du mit dem Lichtschliff,
abgesonnen dem Stern
als Bartlocke, schläfig,

Handlinien queren die Stirn,
im Wüstengeschiebe, auf
den Tischfelsen
schimmert dir um den
rechten Mundwinkel der
sechzehnte Psalm.

Paris, Rue Tournefort
20. Juli 1968

KALK-KROKUS, im
Hellweiß: dein
steckbriefgereiftes
Von-dort-und-auch-dort-her,
unspaltbar,

Sprengstoffe
lächeln dir zu,
die helle Dasein
hilft einer Flocke
aus sich heraus,

in den Fundgräben
staut sich die Moldau.

———

Paris, Rue Tournefort
24. 8. 1968

XII

DAS GEDUNKELTE Splitterecho,
hirnstrom-
hin,

die Bühne über der Windung,
auf die es zu stehn kommt,

soviel
Unverfenstertes dort,
sieh nur,

die Schütte
müßiger Andacht,
einen
Kolbenschlag von
den Gebetssilos weg,

einen und keinen.

Paris, Rue d'Ulm
5. September 1968

-72-

파울 첼란 연보

1920년 11월 23일 부코비나 체르노비츠의 유대인 집안에서 출생. 본명은 파울 안첼.

1938년 체르노비츠에서 대학입학자격시험. 프랑스 두르에서 의과대학 공부.

1939년 체르노비츠로 돌아옴. 라틴어문학 공부 시작.

1940년 체르노비츠가 소련 영토가 됨.

1941년 독일과 루마니아 군대의 점령으로 체르노비츠는 유대인 거주 지역(게토)이 됨.

1942년 부모가 집단학살수용소로 추방됨.
    수용소를 탈출했으나, 다시 루마니아 강제수용소행.

1944년 4월 다시 소련 영토가 된 체르노비츠로 돌아옴. 대학 공부 재개.

1945년 부쿠레슈티에서 번역과 편집.

1947년 루마니아 잡지 『아고라』에 처음으로 시 출판.
    12월부터 빈 거주

1948년 7월부터 파리 거주. 독문학과 언어학 공부.
    빈에서 『유골단지에서 나온 모래』 출간. 후에 오자가 많다는 이유로 회수.

1950년 문학 학사학위 받음.

1952년 『양귀비와 기억』 출간. 슈투트가르트, 독일 안슈탈트 출판사.

판화가 지젤 레트랑제와 결혼.

1955년   『문지방에서 문지방으로』 출간. 슈투트가르트, 독일
         안슈탈트 출판사.

         아들 에릭 출생.

1958년   브레멘 문학상 수상.

1959년   『언어격자』 출간. 프랑크푸르트 암 마인, 피셔 출판사.

         파리 고등사범학교 강사.

1960년   게오르크 뷔히너 상 수상.

1963년   『누구도 아닌 이의 장미』 출간. 프랑크프루트 암 마
         인, 피셔 출판사.

1964년   노르트라인베스트팔렌 예술대상 수상.

1967년   『숨전환』 출간. 프랑크푸르트 암 마인, 주어캄프 출
         판사.

1968년   『실낱태양들』 출간. 프랑크푸르트 암 마인, 주어캄프
         출판사.

         잡지 『레페메르』 공동 발행인.

1969년   이스라엘 여행.

1970년   4월 20일 센강에 투신, 사망 추정.

         『빛의 압박』 출간 프랑크푸르트 암 마인, 주어캄프
         출판사.

1971년   『눈의 부분』 출간, 프랑크푸르트 암 마인, 주어캄프
         출판사.

1975년   『시집』(전2권) 출간. 프랑크푸르트 암 마인, 주어캄
         프 출판사.

1976년   『시간의 농가』 출간. 프랑크푸르트 암 마인, 주어캄
         프 출판사.

옮긴이 **허수경**

1964년 경남 진주에서 태어났다. 시집 『슬픔만한 거름이 어디 있으랴』『혼자 가는 먼 집』을 발표한 뒤 1992년 늦가을 독일로 가 뮌스터대학교에서 고고학을 공부하고 박사학위를 받았다. 그뒤로 시집 『청동의 시간 감자의 시간』『빌어먹을, 차가운 심장』『누구도 기억하지 않는 역에서』, 산문집 『나는 발굴지에 있었다』『그대는 할말을 어디에 두고 왔는가』『너 없이 걸었다』, 장편소설 『모래도시』『아틀란티스야, 잘 가』『박하』, 동화 『가로미와 늘메 이야기』『마루호리의 비밀』을 펴냈고, 『슬픈 란돌린』『끝없는 이야기』『사랑하기 위한 일곱 번의 시도』『그림 형제 동화집』 등을 우리말로 옮겼으며, 동서문학상, 전숙희문학상, 이육사문학상을 수상했다. 2018년 가을 뮌스터에서 생을 마감했다. 유고집으로 『가기 전에 쓰는 글들』『오늘의 착각』이 출산되었다.

문학동네 세계문학

파울 첼란 전집 2

초판 인쇄 2020년 12월 10일 | 초판 발행 2020년 12월 24일

지은이 파울 첼란 | 옮긴이 허수경 | 펴낸이 염현숙
책임편집 황문정 | 편집 이현정
디자인 고은이 이원경 | 저작권 한문숙 김지영 이영은
마케팅 정민호 정진아 김혜연 김수현
홍보 김희숙 김상만 함유지 김현지 이소정 이미희
제작 강신은 김동욱 임현식 | 제작처 한영문화사(인쇄) 경일제책사(제본)

펴낸곳 (주)문학동네
출판등록 1993년 10월 22일 제406-2003-000045호
주소 10881 경기도 파주시 회동길 210
전자우편 editor@munhak.com | 대표전화 031) 955-8888 | 팩스 031) 955-8855
문의전화 031) 955-8896(마케팅) 031) 955-2659(편집)
문학동네카페 http://cafe.naver.com/mhdn | 트위터 @munhakdongne
북클럽문학동네 http://bookclubmunhak.com

ISBN 978-89-546-7645-8 04850
       978-89-546-7643-4 (세트)

www.munhak.com

그리하여 하나의 유일무이한 시적 우주로 가는 문이 열린다. 뷔혀마가진

난해하다는 그릇된 평가를 받은 이 작가가 놀랍도록 현실적인 동시에, 시적으로 독창적이고 타협 없는 자기-, 세계 경험을 마지막 철자 하나하나까지 정확한 단어로 담아낸다. 만하이머 모르겐

파울 첼란의 시를 읽는다는 것, 그것은 말할 수 없이 흥분되고 비교할 수 없는 말의 너비를 발견하는 일이다. 레벤스아르트

파울 첼란 전집은 새로운 발견으로 초대한다. 어둠의 한가운데서도 동시에 유토피아적인 것을 찾을 수 있다. 디 타게스포스트

파울 첼란의 시는 번역 불가능성의 가장자리를 맴돈다. 에베레스트 등반에 버금가는 어려움을 겪으면서도 번역자들은 첼란의 어둠에 싸인 비애를 옮기고자 하는 강렬한 욕망을 느껴왔다. 그 자신이 이미 재능 있는 시 번역자이기도 했던 첼란은 시를 "병 속의 소식"에 비유했다. 어쩌면 그는 시란 곧 번역이라 말하고 싶었는지도 모른다. 뉴욕 타임스

나치 수용소에 대해 출판된 최초의 시들 중 하나이자 20세기 유럽 시의 기준이 된 대표작 「죽음의 푸가」부터, 불가해한 후기작에 이르기까지, 첼란의 모든 시는 생략적이고, 중의적이고, 쉬운 해석을 거부한다. 그는 아우슈비츠 이후 세계를 위한 언어를 다시금 고안해 독일어의 새로운 형태를 만들어냈다. 뉴요커

프리드리히 횔덜린과 라이너 마리아 릴케 이후 유럽 문단의 가장 혁신적인 모더니즘 시인 중 하나인 파울 첼란. 20세기의 전쟁과 공포 이후 그는 시로 나아가는 새 길을 열었다. 첼란 그 자신처럼 그의 시는 겁먹고 상처 입은 생존자다. 보스턴 리뷰